与过去的自己对话

焦文旗 —— 主编
常朔 —— 副主编

花山文艺出版社
河北·石家庄

图书在版编目（CIP）数据

与过去的自己对话 / 焦文旗，常朔主编. -- 石家庄：花山文艺出版社，2020.6 （2025.1 重印）
（"智慧人生"丛书）
ISBN 978-7-5511-5189-4

Ⅰ.①与… Ⅱ.①焦… ②常… Ⅲ.①散文集－中国－当代 Ⅳ.①I267

中国版本图书馆CIP数据核字(2020)第095719号

丛 书 名："智慧人生"丛书
主　　编：焦文旗
副 主 编：常　朔
书　　名：与过去的自己对话
　　　　　Yu Guoqu De Ziji Duihua
选题策划：郝建国　王玉晓
责任编辑：李倩迪
责任校对：李　伟
封面设计：新华智品
美术编辑：王爱芹
出版发行：花山文艺出版社（邮政编码：050061）
　　　　　（河北省石家庄市友谊北大街330号）
销售热线：0311-88643299 / 96 / 17
印　　刷：北京一鑫印务有限责任公司
经　　销：新华书店
开　　本：880mm×1230mm　1/32
印　　张：6.25
字　　数：120千字
版　　次：2020年6月第1版
　　　　　2025年1月第6次印刷
书　　号：ISBN 978-7-5511-5189-4
定　　价：39.80元

（版权所有　翻印必究·印装有误　负责调换）

编委会

主　任：赵晓龙　张采鑫
副主任：郝建国　焦文旗　王福仓
　　　　常　朔　夏盛磊　王玉晓
委　员：尹志秀　张艳丽　冯　锦
　　　　王天芳　师　佳　高　倩
　　　　李倩迪

写在前面

◎ 郝建国

花有千万种,路有万千条。

对自然而言,和风细雨,阴晴冷暖,均为常态;于人生而言,顺境逆境,悲欢离合,亦属习见。

人生是一段持续百年的跋涉,需要不断地汲取营养,增添前行的动力。

在人类漫长的发展史中,无数先哲积累了大量的人生智慧,铸就了许许多多的智慧人生。这些经验,经过传承,由文言文转为白话文,弥散在一个个现代版生活故事中,感染和引领着无数的人,由粗放走向精致,由遗憾走向尽美。

我们认为,智慧的人生才是完美的人生。

为了便于大家在阅读中感知和体味人生智慧,我们编选了这套"智慧人生"丛书。

丛书由《看淡人生悲与喜》《活着，就是最美的风景》《与过去的自己对话》《爱是最好的良药》《和对手做好邻居》《活成一支小夜曲》《相信自己的"奇迹"》《仁爱比聪明更重要》《幸福就是一场雨》共九册构成，从多角度揭示智慧人生的不同侧面，展示智慧人生的多维内涵，寄望身边的每一个人都能活得精彩、活得明白、活得有尊严。

丛书中的文字浅显易懂，故事生动感人，读来畅快淋漓、兴趣盎然、回味隽永。文章作者，虽不乏文坛宿将，然多为普通写作者，他们从身边琐事写起，独抒性灵，讲述对人生的智慧解读。阅读的过程，宛如与故友谈心，丝丝涟漪，轻轻荡漾，如春风化雨，滋润心田。

人生如航行，智慧是灯塔。

祝读者朋友一路顺风，愿智慧之灯无碍长明！

目录

第一部分 暖老温贫

暖老温贫	潘姝苗	003
一个孩子的眷恋	安 宁	006
老枣树	何晓东	009
老家总有灯火闪烁	李 晓	012
心疼	崔修建	015
爱是甜蜜的"干扰"	刘亚华	018
风干的记忆美如枫	青 衫	020
聚散	王吴军	022
荷香潜送	方 华	025
我们在一起的时间有多久	拈花微笑	027
那一窗暖心的红	丁迎新	029
乳名是一抹淡淡的乡愁	化 君	033
爱你的人在厨房	夏学军	035
时光笔墨	顾晓蕊	037
我的哑巴舅舅	徐潘依如	040
夜风里的马灯	朱成玉	043

第二部分　奋不顾身的雨

草之德 …………………… 钟精华 049
乡思一畦菜 ……………… 王继颖 051
草是村庄的色彩 ………… 文雪梅 054
渐成故乡客 ……………… 孟祥菊 057
落果不是树无情 ………… 禹正平 060
蚂蚁依然在搬家 ………… 李　季 062
腕上茉莉 ………………… 李丹崖 064
一块橡皮 ………………… 张亚凌 067
鞋子就此诞生 …………… 薛业忠 070
奋不顾身的雨 …………… 包利民 072
头上草 …………………… 张金刚 076
含羞草 …………………… 肖　静 079
灰尘微小我亦微小 ……… 孙君飞 083
风定落花深 ……………… 张培胜 087
关一盏灯 ………………… 吴凌辰 090
古梨树还有下一个春天 … 邓迎雪 092

第三部分　一蓑烟雨入梦来

密密的针脚 ……………… 赵宜辅 097

阳光的味道	……………	赵凤贞	100
不敢老的父亲	……………	魏海冬	103
隔着一部电影的距离	……………	曹春雷	107
睡在噪音里的母亲	……………	牧徐徐	109
草帽是父亲的徽饰	……………	段奇清	112
老母亲的第一次	……………	孙道荣	116
家里都好	……………	熊仕喜	120
脖子上系灯绳的娘	……………	王会敏	123
一蓑烟雨入梦来	……………	胡安运	125
顶上秋	……………	梁　凌	129
妈妈的眼睛	……………	李克红	132
父亲的光	……………	周进平	135
母亲手中的笤帚疙瘩	……………	陈柏清	139
那个夏天我们长大了	……………	邱立新	142
鹅毛压得父亲喘	……………	夏生荷	146

第四部分　穿过岁月遇见你

是谁走远了	……………	陆　琪	151
最会说谎的人	……………	苗君甫	154
总有一段旅程，你要孤独走过	……………	若　初	156
给我们留下疤的伤	……………	黄小平	158

给自己一次机会 ………………… 夏雪芹 161
眼是坏蛋，手是好汉 …………… 邢多多 163
穿过岁月遇见你 ………………… 李良旭 167
母亲挨的那巴掌 ………………… 杨春云 170
一辈子的客 ……………………… 张君燕 173
马拉松赛场上的轮椅父子 ……… 玩月轩 176
远方有多远 ……………………… 邢淑兰 179
心灵的方向 ……………………… 张　勇 182
与过去的自己对话 ……………… 关小云 184
俯身的高度 ……………………… 白国宏 186
守护心灵 ………………………… 欧正中 188

第一部分

暖老温贫

暖老温贫

◎潘姝苗

　　去母亲家聚餐，四世同堂。老太端一碗白米饭，佐以腐乳两块，双手捧着吃，我们才尝了几道菜，老太手中瓷碗已空。"菜，老太吃菜！"儿子在一边喊，老太笑着接过碗，对重孙说："你吃，老太没牙，咬不动了。"握着老太枯如树皮的手，抚弄她干瘦的背，感到时光像一把刀，旧了容颜沧桑心田，使人想起一个词——暖老温贫。

　　老太是我的奶奶，年过九十，状如一株老梅，虽叶已凋零、花期开尽，周身无物，却依然有大美。她仍穿着我小时见的对襟褂子，棉布质地，蓝色洗得发白。布衣散发着柔软的气息，连扣子也是布绞成的，有一种岁月沉淀之美。

　　我每次见她都要笑："奶奶，您怎么一点儿也不肯变，还是老样子？"奶奶也会幽默，回道："老了，可不就是这个样子？"母亲给她买来新衣服，要她换，奶奶却嫌它们扎眼，总搁在箱子里。连她用的茶碗、梳子以及枕头也是旧时留存下来的，粗瓷原木的，带着隐约的裂纹，裸着残缺的边角，却是稀有的美，这种美有韵外之致，有清奇之境，得此，周身俱暖。这暖，在流年里聚集起来，正如《诗品二十四则·清奇》里的"神出古异，淡不可收"，这淡雅和古旧，透出一种"岁月静好，现世安稳"。

在父母家住不多日，奶奶会在某个清晨打点行装，一个人悄悄去到不远的姑姑家。父亲埋怨自己母亲："你就一辈子倔吧，一声要走就难留。"几个回合下来，二老也学会察言观色，等奶奶屋里有一丝风吹草动，就等着送她上车。这两年，奶奶身子骨眼看着弱了，也不便独自行走，由着子女往来接送，算是示弱。

母亲有一次小声对我说："你奶奶好像还有宝贝呢，包袱枕在身边，从来不让人碰。"我顿时为她的天真咪咪地笑，母亲转而假装嗔怒地说，"她怎会有值钱的物件，我自打进了她家门，连块像样的布头子也没见到。"

能说得出的委屈还算是委屈吗？想那时的母亲，千里迢迢追到部队，多年后不停地跟我们庆幸："亏我去得早，断了那几个女兵的念想，不然你爸就是别人的，也就没有你们仨了。"母亲守着甘愿，陪父亲转战南北，穿布衣嚼菜根，过得清贫而知足。

转眼四十载，父母将婚姻打磨成熠熠闪光的红宝石，它的光芒尽在找到了一位爱的人，且将一生安放在这温暖熨帖的小窝里，与彼此共赴百年。

新居装潢，老公策划要在背景墙上挂一幅十字绣。市场卖的商业气息太浓，终不能如我心意，想着自己要能绣一幅该多好，就借郑板桥的对联："青菜萝卜糙米饭，瓦壶天水菊花茶。"不论颜色笔画,都要简朴、素淡。

　　想来自己于生活,竟也是朴素的态度,暖老温贫,点缀着代代平实的日子。

一个孩子的眷恋

◎安 宁

女儿对于世界的恐慌,是从她出生后五个月时开始的。

她忽然间变成了一个爱哭女,只要看不到我,就像世界坍塌了一样。昔日一出门看风景就兴奋得手脚乱踢的她,而今再也不喜欢户外活动了。如果有大人逗引,她马上就用哭泣表达自己的反抗,好像那个大人长了一张凶神恶煞的脸。她也不再喜欢去人多的广场,那些跳舞的击剑的闲聊的喊叫的唱歌的人,都跟她有仇一样,让她想要逃避。她看了这个长雀斑的阿姨也哭,见了那个笑声爽朗的大姐也哭,甚至她的爷爷忽然从角落里冒出来,逗她一下,也能马上让她被蜜蜂蜇了一样,发出"惨绝人寰"的尖叫声。所以她的奶奶再也没办法跟她的"保姆同事"们坐在椅子上闲聊了,她不得不一直抱着十六斤的阿尔姗娜,从小区东头走到西头,再从南头走到北头。而且,最好是沿着那些幽静无人的小路走,才会让她觉得有安全感,否则,她的奶奶别想有安生日子可过。

我忽然想起自己小时候,母亲要出门去走亲戚,她悄无声息地趁我不注意的时候,从门口溜走了。但我有惊人的第六感,马上就发现了她的离去,于是,我像个发疯的小豹子一样跑出门去，将已经把车子骑出村子的母亲，用惊天动地的哭喊和江水一样奔流不息的眼泪，果断地拦住了。许多人都笑我，连母亲也不明白，我为什么会如此恐惧她的离去，好像她不是去邻村走一趟亲戚，而是丢下我再也不管了。我的所有的安全感，那一刻，都在母亲的身上，她走了，也就带走了我唯一的温暖，即便父亲在家，即便姐姐可以陪我，但都无法替代我对母亲的依恋。

那时我已经六岁了吧，对于母亲的眷恋，与她对于我的依恋一样热烈。我想女儿对于外面世界的恐惧，或许更多的是因为她开始认识了妈妈，并因为那些与妈妈无关的陌生人的容颜，而对整个的世界都无法信任。她只相信我，相信让她依偎了几百天的妈妈，会带给她所有的一切。即便外面的风景再如何的绚烂，即便那些逗引她的人，用了怎样甜美的糖果作为诱惑，即便小朋友们全在广场上飞奔，可是，都无法将她从我的身边吸引走。她宁肯跟我窝在床上，听我读诗给她，或者陪她玩小小的脚丫，看掌心里的纹路，将玩具拆开了又装上，再或只是深情地对望着彼此，什么话也不说，她都觉得乐此不疲。有时候我还会带她爬到高楼上去，一层一层地爬，看人家将拖把放在门口的架子上，或者两只鞋子一前一后孤独地立着，还有谁家的小孩子养了黄绿色羽毛的鹦鹉，在笼子里寂寥地饮水，废弃的纸箱子像壮硕的巨人，将窗外的阳光给挡住了。十一楼上无人居住，我抱着她唱歌，有回音缭绕，似乎，我站在高山上，看下面蚂蚁一样的行人与车辆。而她，就在我的怀里，用温暖的胳膊环绕着我的脖颈，她的脑袋热乎乎的，呼吸也是。我还听见她的心跳，情人一样的心跳，在我的胸口上起伏。我觉得一切都美好极了，我终于知道她为什么这样依恋我了，因为，她想和我一起，荒废一些时光，看看夕阳，品品夜色。

人生里所有的安全感，或许，都是来源于襁褓时爸爸妈妈的怀抱。所以我不想让女儿阿尔姗娜成为这样胆怯的孩子。不管我怎样为没有时间好好工作而焦灼，为不能安静写作而心烦，为她用哭叫来绑架我心灵的自由而烦恼，可是，我依然愿意在她对这个世界最为惧怕的孩童时代，尽最大的可能，陪伴在她的身边，让她可以安心地趴在我的肩头，环抱着我的脖颈，附在我的耳边，说一些稚嫩的悄悄话。或者，什么也不说，就幸福地看看路人，而后累了，沉沉地睡去。

我知道那时她的梦里，一定有温暖的阳光，或者静谧的月亮。

老 枣 树

◎何晓东

老枣树，老家门前的一棵很老很老的树。

我的老家是个小村子，位置偏僻，少有人来。近年来，村里的人们纷纷往外走，处处是倾颓的残垣、破旧的房屋、长满荒草的院落，似乎在静静地诉说那些喧嚣的过往。这棵老枣树就在我家老屋的门前，佝偻着腰，近乎匍匐地生在地面上。每逢秋天，树上缀满了玲珑小枣，然而今年的春天它却没能再次苏醒过来。也许它累了，该永久地歇息了。

老枣树是爷爷奶奶一起栽种的，那个时候爷爷奶奶刚成婚，爷爷十四岁，奶奶十八岁。他们栽种这棵树就是希望早生贵子，延续香火。在那个战火纷飞、朝不保夕的年代里，奶奶共生育了十个孩子，然而在无休止的颠沛流离、疾病、饥荒中，有八个先后离世了，只剩下排行最小的父亲和姑姑。依稀记得幼年时的我，经常在温馨的晚上依偎着年过七旬的奶奶，靠着老枣树，静静地听她述说那些逝去的日子。奶奶说，她曾有个很乖巧的女儿，生病死了。"她都已经十四岁哩，快有这棵树高了。"她总重复着。奶奶说这些酸心事时，神情很淡然，好像在说一件与自己无关的事。一次次的丧子之痛无情地鞭笞在她的心上。面对孩子的夭亡，她很无助，只能寄望于下一个孩子能平安地活着。正因如此，爷爷奶奶对孩子们无比爱护，他们最大的愿望就是子孙满堂。然而他们还是在我四岁时先后离开了人世，没等到他们希冀的春天，而老枣树却依然年年开花、结果。

春天来了，老枣树依旧枝繁叶茂。当全村的人们都寄望于土里刨食时，父亲带着全家人的希望，带着村里人异样的眼光开始了他的漂泊生活。父亲是个头脑很精明的人，他办了个建筑材料厂，他用农民最淳朴的情感盖起了很气派的小楼，却独独没有占用门口那片空地。父亲不愿伐掉那棵老枣树。每次从外地忙完回家，父亲都会拿着马扎在老枣树旁坐坐，一坐就是很长时间，态度很虔诚，很严肃。他说那是爷爷奶奶经常待的地方，看着老枣树就会想起爷爷奶奶对幸福的渴望，对子孙满堂的企盼。父亲总给我们买枣吃，却从不让我们到老枣树上摘。所以每逢秋天，当树上缀满玲珑小枣时，我们兄弟几个也只能看着眼馋。然而小孩子的心总是好奇的，我还是趁着父亲不注意的时候，偷偷地爬上树，摘了一粒枣吃，枣很甜、很甜。

甜美的童年总是很快，日子就在指缝间悄悄滑过。转眼间，我家已经离开村子好多年了。父亲老了，身体也大不如从前，也很少有机会回到老家里去了。我每次回老家探望，父亲总叮嘱我看看老枣树。老枣树周围的空地上已长满了不知名的野草，开着绚丽的花，似乎在竭力地吸引人们的注意。不远处，几株杨树已有合抱粗了，树干挺拔笔直，叶子也非常茂盛，在叶子的缝隙之间,阳光幽幽地映照在地上,留下一片片斑驳的碎片。而独有老枣树静静地躺着,峭楞楞的,一半在土里,一半在风中,不张扬,不宣泄。它弯曲似虬龙的躯干,一直低垂到地上,枝权四面分开,像垂暮之年的老者,在默默地看着年华的流逝,一任岁月的刻刀无情地镂刻着它粗糙的身体,肆意、疯狂。只有枝头上几片在深秋的季节里已变得发黄的叶子,才证明了它生命的存在。

老枣树啊,如今我终于读懂了你,也理解了父亲不厌其烦的叮嘱。而当我抱着虔诚的心情来到你的眼前时,你却静静地走了,只留下虬龙般的枝干和弯曲的臂膀,也许你要告诉我,只有内心的安宁才是真正的平静,因为它更干净、更纯粹,更接近那个叫灵魂的地方。

老枣树还依然黑黢黢地站在那里,它的确老了。

老家总有灯火闪烁

◎李 晓

这些年,一到腊月,我老家寂静群山间的蜿蜒山道上,便有密集的人影晃动,那是从这里到这个国家天南地北的人,结伴而行回到了他们的老家。去年腊月的一个夜晚,我在老家的山梁上,还看到有人打着火把回来了,那是他们刚刚下了火车,就赶着回到了老家。

但老家,对我那些乡亲来说,大多就是一座老房子,孤独地兀立在山坳里、水井边、柏树下。

我在城里访问过一些人:"你还有老家吗?"他们要么摇摇头,忧愁的样子,要么笑一笑,无所谓的样子。

这真是一个问题吗?生活在人群熙攘雾气弥漫的城市里,往往只有那些上了年纪的人,在城里阳台上,雾一样的眼神,望着他们老家的方向。

有人说故乡是祖先流浪的最后一站。一个地方成为故乡,要经过多少年的浸润?好比一个家,如果墙壁里没有亲人的气息糅合进去,你很难对一个家有肌肤相亲的感受。

我妈进城后,老家的房子还凄清兀立在山梁上。有一天,一个收破烂的人路过房屋,进屋抽动鼻子嗅了嗅,有一股异味,老家具都长出一层绿毛了。那人给我爸打来电话:"我说老头子啊,你就把房子卖给我吧,我不干收破烂这活儿了,把你的房子买来养猪、养牛。"

我爸年轻时脾气暴躁,不过上了六十岁,性子就缓了下来。可那次,我爸气可大了,他骂出了声:"想买我房子啊,还挖我祖坟吗?"那人顿感无趣,不再提买房子的事,还讨好说,要牵着一条狗,去帮忙照看老房子。

有次我回老家去看看,老房子都破烂得不成样子了,柴屋里居然还住了一只流浪猫,眼睛绿幽幽的,看起来挺吓人。我问爸:"为啥不把老房子卖了?"爸嗫嚅着,听不清他在说啥。

我陪爸回老家去,我看见爸把头深深埋在老房渗水的墙壁上,双目微闭,如在梦里。房屋瓦楞上,是泥土和鸟粪,还有摇摇摆摆的杂草。那天,爸对我开口了,说:"房子万万不能卖,我回来,还有一个歇脚的地儿。"我突然明白了,老家的老房子犹如老灵魂,它一直扎进了爸的肉体里。

这样的老房子,还有老水井、老黄葛树,都是可以歇脚的地方,或者说是让一颗心落脚的地方。我这样懂得爸以后,对他的态度有了改变,有了体贴,再也不吼着让他把从乡下带进城的老衣柜、泡菜坛子扔到垃圾堆里去。

但十五年前的一天,在山梁的爆破声中,老家的老房子灰飞烟灭了。山梁不远的地方,要修一个机场。我家老屋,寿终了。我看见,头发花白的父亲,抱住一棵露出根须的树,腿直颤。老房子的告别，把我爸内心里的根须也连根拔起了。几年前，我爸就患上了痛风的毛病，这个病，是血液里的尿酸过高，但是不是也与乡愁有关，是乡愁沉沉压到爸的心里去了？值得欣慰的是，还有几所祖坟掩映在丘陵中，一到清明、春节，我就搀扶着我爸，去坟墓前坐一坐，听他唠叨那些祖宗们的事儿，通过他的口头传播，那些老祖宗的音容笑貌，常在我眼前栩栩如生。一个家族的历史，至今还没断代，让爸的心，也有一个停靠的地儿。

这样的场景，也存在于那些进城的老乡们身上。一些进城买房定居的老乡，还常回来，把老家的老屋四周打扫一下，把瓦楞上的草拔了，把那老门重新安上一把锁。我不也是一个人常悄悄回老家吗？就是想嗅一嗅那屋顶上的炊烟，嗅一嗅松林路边的牛粪味，望一眼那些村落里的老屋……但这些年，炊烟稀疏，老牛没了几头。但存活下来的老牛，似乎懂我心事，有次我走在它后面，它屁股一耸，一坨牛屎就下来了。

谁的心不曾流浪？我们说的老家，就是让那些流浪的心有一个停靠的地方。所以，老家总有灯火闪烁，温暖着游子们的心肠。

心 疼

◎崔修建

暮春时节,我独自坐在故乡低矮的山冈上。一块块青葱的田野簇拥着小小的村落,悠悠的白云在头顶旁若无人地飘移着,几声清脆的鸟鸣不时响起,似在提醒着我这已不是从前的景象。脚边散着点点蒲公英黄色的花朵,泥土潮湿的气息混着残枝败叶发酵后的特殊味道,被微风带到远方,连同花蕊年轻的梦和小草卑微的心愿。

一片青青的柳叶悄无声息地飘落下来,在我的肩头稍微一停,便躺在地上不动了。

拾起柳叶摊开在手上,清晰的脉络上正写满生命苍翠的本色啊。那青春燃烧的热望,在阳光中流泻得一览无余。

落叶不只是在秋天啊!抚摸着这提前坠落的柳叶,我胸腔里顿时有莫名的伤感冉冉而来,那种伤感,很小资,也很农民。

我突然想起了只在一起念了半学期的一位小学同窗,他那总拖着长长的鼻涕的形象和被老师评价为"写得像鸡爪子划拉的字",竟烙印一样深深地刻在了我的记忆之中。而现在,他永远地睡在了山脚的那条小河边了,那场突如其来的山洪定格了他的十六岁,据说那天他是自告奋勇去帮瞎眼的德福公公放羊,在去救那只溺水的小羊时遭遇不幸的。

原来，生命的凋落竟是如此的简单。我想起了同窗那次抄我作业时，曾许愿等冬天捕到野鸡会送我几根漂亮的翎羽，我可以做一个叫伙伴们都羡慕的毽子。如今，他像一根羽毛轻轻地飘走好多年了，连他的父母似乎都早已忘记了他，但我还能清晰地忆起关于他的点点滴滴，且每每忆起时，总有丝丝的悲伤固执地侵入心中。

我有很多很多的朋友，他们散在祖国的各个角落，优秀的如顶天立地的大树，平凡的如不起眼的小草。常常于不经意时，我会情不自禁地想起他们中的一些人，想着他们各异的姿态和故事，就有温馨、温暖、温柔、温润……不约而同地走来，让我倍感拥有朋友的幸福。可蓦然间，意识到他们中的某一位会在某一天突然永远地不辞而别，心里便会陡生一份凉意。虽然我明白，那是岁月不可抗拒的法则，我们只能看着那一天日升日落一样的来临和走远。然而，我仍有挥之不去的疼痛，隐隐在心，实在难以言表。

我把那枚柳叶轻轻地放到草丛里面，我希望那些正抓紧时间葱茏的草，也能有与我一样疼痛的感觉。其实，关于生命的开始和结束，我们所认识和理解的远远不足，尤其是在那些被浮躁和忙碌裹挟的日子里，我们的心很容易变得迟钝、麻木，变得轻飘，若败了根一般。

"别踩疼了那些雪。"一位第一次见到洁白雪花的女孩，告诉她的父母在雪地上要轻轻地走。我清楚地知道，女孩诗句一样柔柔的叮嘱里，装的不只是对那晶莹的雪之爱，还有那飘舞在人间的美……

那天，不经意地打开一档电视节目，看到一个摆小摊的修鞋工，在对着一张报纸悄悄地擦拭着滚落的泪珠。当记者追问他原因时，那个憨憨的汉子满脸真诚地回答，他看到那个因白血病而躺在床上的大学生，感到有些心疼，不知不觉地就掉泪了。

为一个素昧平生的人心疼得落泪，该是一颗让人肃然起敬的慈悲之心，也许他并不信佛，也许他无法给那个大学生提供更多实际性的帮助，但这并不妨碍他拥有菩萨般的爱心，并不影响他在生活中摇曳一缕爱的芬芳。

懂得心疼，无论是对自己还是对别人，都是一种真、一种善、一种美，都会抚摸许许多多意味深长的细节，都会咀嚼着很多很多平淡无奇的琐屑，会敞开心灵接纳更多的阳光，也会尽情地向世界播撒阳光……

爱是甜蜜的"干扰"

◎ 刘亚华

吃过晚饭,我钻进书房做计划书。半小时后,母亲推门进来,手上端了一杯豆浆,殷勤地对我说:"刚打的,趁热喝吧。"刚刚拟好的思路一下子被打断,我有些不悦,便回答她:"妈,不是跟您说了吗?我在书房的时候,尽量不要打扰我!"母亲"哦"了一声,放下杯子拉上门,出去了。这样的叮嘱三番五次,可母亲总是记不住,在我忙活的时候,端来切好的水果、红糖水,或是刚炸的鱼、刚煮的玉米,我说以后不必,她当时点头同意,可没过多久又抛在脑后,我真拿她没办法。

那天,我正在厨房做蛋糕,七岁的女儿跑了进来,对我说:"妈妈,我能帮你点儿什么吗?""一边去,你能帮什么忙?纯粹是来捣乱的。"她笑了笑:"那我就在这儿看看吧。"虽说只是看看,她一会儿打翻牛奶,一会儿玩水,我有些火气说她几句,她倒是一副无所谓的样子,又是讲笑话又是背唐诗,腻在我身边不肯走。

去异地参加同学聚会,老公隔一小时打电话问我到哪儿了,看着我手机时不时地响,同学都笑话我。我打电话让老公不再干扰我,他说好,可没过多久,电话又来了。他幽幽地冲我说:

"老婆,我还是担心你呀,老想打电话给你。"因为他时不时打电话给我,我们争吵起来。我说他查岗,说他小家子气,因为他知道那次聚会,我的初恋情人在场,他说他真的只是关心我而已。不久后,老公去外地出差,我的电话一下子安静下来。打电话过去,他不是说在谈生意,就是在签合同,匆匆说两句就挂断了,我失落极了,这才明白,有一个人不停地打扰,那真的是一种幸福。

从那天起,我改变了对母亲的态度,当她再次端点心进来的时候,我满脸堆笑地冲她说谢谢,还马上放下手里的活儿,开心地吃起来,母亲为此兴奋极了,脸上露出了满足的笑容;我也改变了对女儿的态度,当我在厨房做蛋糕的时候,对于"潜伏"进来的她,我表示热烈欢迎,并吩咐她做这做那,女儿认真极了,每件事都做得极好;我也改变了对老公的态度,只要他打来电话,都会在三秒内接起,然后温柔地倾听他的嘘寒问暖,像初恋时那样,对他的关心表示惊喜和感动。我发现,当我意识到他们的这种干扰其实是对我的爱时,我做事更顺利了,幸福感增加了,烦恼少了,快乐多了不少。

爱是甜蜜的干扰,有干扰是种幸福,更是幸运。爱是甜蜜的干扰,这些被干扰组成的平凡日子,才是幸福生活最精彩的表现,我们需要愉快地接受,并给予他们及时的爱的回应。

风干的记忆美如枫

◎青 衫

　　此刻北方的枫叶甚是好看,便与好友相约去远郊游玩,一睹它的风采。还有,想捡拾一片枫叶,风干后藏于书页间。

　　小情小调的事情,从小到大没少做。珍藏明信片,收集糖果纸,最喜欢在百花盛开万物美的时节跑到郊外采集各种野花和树叶,欢天喜地地拿回家,细心地做成干花,制作成小小的香囊或者夹在书页间,仿佛这样就留住了那个最美的季节。翻开书页,花香淡淡,流光中的岁月依稀浮现在眼前,恍惚中宛若时光倒转,心底生出无限的美感和诗意。

　　犹记第一次与枫叶相逢的惊喜。在深秋的枫林谷,如火的丛林让我叹为观止,惊叹世间竟有如此脱俗的美,美得大气,美得爽朗,美得深邃,一如东北人的性格,热情似火、宽厚从容。夜晚归来后,我把采集的枫叶细心地压在书桌上的玻璃板下面,透过明亮的玻璃板,枫叶的脉络清晰可见,每一丝叶脉的走向,都能牵动我多愁善感的心。栩栩如生的枫叶,仿佛能招引蝴蝶翩翩飞来,栖息在它的肩头。

　　五颜六色的花朵风干了,却没有失去颜色,如同静穆的美人,依旧动人。我把它们夹入书页间,一本书变得无比厚实,时不时地翻看一番,看着它们在书中嫣然着,犹如置身于一场花海的盛宴。而最爱的那朵,必定是夹在我最心爱的书籍中,当作书签天天相见,时时刻刻于身边相随。

它不光装饰了书页,也传递着友情。要好的女同学生日,没有多余的金钱买礼物,送上一枚风干的花朵,典雅又有意义,象征着我们之间的友谊美丽又长久,好友用一个大大拥抱表达谢意。感谢那些花和叶,在我寂寥的青春季与我陪伴。偶然回望,年少的心灿若锦霞,依稀可见光阴里的美时光。

有多少回忆就有多少花香,根植于记忆深处,沾染了岁月的尘香,亦如锦缎般丝滑。一片枫叶在手,几朵野花抱怀,今日的林林总总,入了心怀,明日,必将锦瑟我的年华。

聚 散

◎王吴军

一个朋友要到远方去定居。

夜色温柔,几个平时十分要好的朋友小聚,为他饯行。彼此虽然都是交情极好的朋友,平时却总是各自忙碌,很长时间也难得一见,偶尔打电话互相问候,也无非是那些颇为寻常的话。此夜,在我的家里,几个人坐在一起,一锅蘑菇炖柴鸡,一碟韭菜炒鸡蛋,一盘从老家带来的自制酸辣白菜,一大盘在街头那家卤肉老店里买回的酱卤肉,简单美味,不像是专门践行,倒像是一家人聚在一起吃家常饭。

说到底,相互之间的友情,彼此相恋的爱情,清远也好,醇浓也罢,时间久了,便会自然而然地成为亲情一样平静而牵扯不断的情愫。

说来也是,若是和新朋友在一起,只会谈一些风光而雅致的东西,比如文学、艺术、人生哲理等,而和老朋友在一起,便会把酒话桑麻,说的尽是家常话和大俗话,衣食住行,柴米油盐,屋里屋外,嬉笑怒骂,简单细碎,盈满了人间烟火气。

其实,很多时候,心灵的默契和亲近已经不需要有太多客套的形式或语言来表达。

即将远行的这个朋友穿了一身洗得干干净净的旧衣服，没有刻意打扮自己。在远行的前夜，他没有在家陪伴父母，恐怕老人家看到他更加难过，却收拾得干干净净地来和我们相聚，真是让人心中暖意流淌。

老朋友之间，要的就是这种亲切。

年少的时光里，我们每个人差不多都活得身不由己，为一心望子成龙的父母而活，为苦口婆心的老师而活，为许多世俗要求、许多约定俗成的规矩而活。随着日子渐多，年龄渐长，便会慢慢挣脱那些曾经潜在的束缚，开始懂得人应该为自己的心意而活，人应该按照自己的想法去做一些自己喜欢做的事，不能太在意别人的眼光，不能总是在意别人的看法，人应该在乎的是对于心中理想追求的惬意和自然。于是，就会在某一个时刻纵容自己尽情放松身心，拥有梦中向往的喜悦。

恍然大悟之后，便越来越觉得，人这一辈子，无非是尽自己的心。对个人尽自己的心，对爱自己的人和自己爱的人尽自己的心，对丰富多彩的生活尽自己的心，对脚下的这片土地尽自己的心。既然尽了自己的心了，便没有患得患失的苦恼，也没有浮沉荣辱的郁闷。既然尽了自己的心了，世间有些需要放下的事情便可以含笑舍得，就会放得下，人与人之间的是非和恩怨，生活中遭遇的金钱与感情的纠缠，都可以含笑放下。能够放下，能够舍得，心境就会和风细雨，胸中就会风清月明。

所以，与其苦苦纠缠于一得一失，不如让一切顺其自然，感受水到渠成之妙趣。就像窗外的那些树，叶子自然地萌生和飘落，在这种自然的萌生和飘落中，自有一份生命的圆融和丰满，自有一份安详的喜悦。

红尘的阳光和雨露只有自然而然地洒落，才是诗，才是画，才是沁人心脾的茶，才是醇浓无比的酒，才是华枝春满、天心月圆的自在和自得。

聚散也是如此。

温柔的夜色中，为即将远行的朋友饯行的小聚在融融的笑声中渐渐落幕，即将远行的他起身告辞，没有勉强的挽留，没有刻意的送别，甚至也没有去问他何日归来。

"年少不识愁滋味，为赋新词强说愁"的时光已经远去，没有了大喜大悲的折腾，也没有了对月流泪对花伤感的文艺表达，平静的岁月里，已经知道了聚散其实原本就是这样自然和水到渠成。

原来，世间的每一次离别和相聚都是那么温馨，那么难得。

荷香潜送

◎方 华

之 一

绿色的裙裾迎风飘扬,在一匹柔滑的绸缎中,你找不到更多的色彩。

风吹来清凉的阳光,季节在谁的眼里,只剩下荷香一片。

一池的浓荫下,燥热的心情渺无萍踪,是谁无意的一瞥,定格了一朵粉红的夏。

之 二

谁将你的裙裾展开,谁将你的长发飘散,是夏日的阳光,还是无谓的风?

烦嚣的季节,清纯的色彩多么迷人。谁能看清你玉洁的容颜,谁就读懂你不染的情怀。

粉面的笑靥,在半遮半掩中乍露,一脉浅浅的心香,直入夏之胸田。

之 三

谁的心情,在荷上随风摇晃?阳光温暖的手,呵护一朵含苞的花。

多么美丽的年华,荷香弥漫青春的双眼,在一次快乐的舞蹈中,羞怯的花蕾越发娇嫩。

有谁知道,花开之时,夏天已将它扯不断的思念,在水下节节生长。

之 四

因为有月,今夜的荷花分外清香;因为有荷,今晚的月色分外璀璨。

其实,谁能在这夜阑人静的时刻,看到一朵荷的绽放。

只有心如明月的人啊,只有怀藏荷香的人啊。他们阳光般的品质,即使在漆黑的夜晚,也让一枝荷,开出最美丽的人生。

我们在一起的时间有多久

◎拈花微笑

你们是我最亲最爱的父亲母亲,我们在一起的时间有多久?

七八岁以前,我们看上去在一起,细算起来,其实也并非如此。白天,母亲家里家外地忙碌,父亲更要外出做工。八岁以后,只能晚上在一起,白天我要去学校,父亲母亲要挣钱养家,这样的日子最多持续到十七八岁。考上大学就要住校了,一年之中,只有暑假和寒假两个多月的团聚。大学毕业在外地工作了,非节假日不能回家。结了婚,经常过年才能见面,甚至一年也见不到一次。

你是我最疼最爱的宝贝,我们在一起的时间有多久?

你在摇篮时,我多想时时刻刻看着你,但是不得不常常离开你一会儿,洗衣服,打扫房间,做饭。你跌跌撞撞地学会走路了,背上小书包上幼儿园了,我早晨把你送去,晚上把你接回,一个白天一个白天地看不到你。你上学了,我和你都习惯了白天的分离。你读大学了,去了遥远的地方,只在寒暑假回来。你工作了,结婚了,由原来的一年回家几次,小住几日,变成了一年回家一次,或者几年不回家,匆匆一两天就急急赶回去。

你是我最亲最近的姐妹兄弟,我们在一起的时间有多久?

小时，我们一个床上睡觉，一个桌上吃饭，一前一后相跟着玩耍。上学了，一个高年级，一个低年级，若在同一所学校，还能一起进出家门，若在不同学校，只能一起出家门。上大学了，分开了，放假回到家里，不是我去找同学，就是你去会朋友，在一起的时间零零碎碎。大学毕业了，于不同的地方谋生过活，只在过节过年都回家时才短聚几天。依次结婚了，有了自己的家，杂事更多，轻易聚不到一起了。

你是我最知最挚的朋友，我们在一起的时间有多久？

同学时，我们忙于各自的学业；工作后，忙于应对各种事情和关系；结婚了，生儿育女养家糊口，如果没有事情，连电话都想不起来打；为了一次重聚，提前几天约好，把所有的事情都推掉，这样的相约不可能多。

你是我最依最恋的爱人，我们在一起的时间有多久？

青春前，我们是无缘的，互不相识。青春后，我们在一起，好像很长很长。但是，在牵手的时间里，要分别为家出力，从事不同的工作，承担不同的义务，只有晚上，才能聚在同一个屋檐下，太阳升起，就左右奔出家门，完成自己的事情，有时，晚上也不能在一起，一个外地，一个家中。晚年到了，夕阳下的脚步已经蹒跚，我们才可能长伴厮随，上天所给的岁月，已如下落的斜日。

这些牵肠挂肚的人，在一起的时间，到底有多久？

怎么能够不珍惜？怎么可以总是埋怨和计较？在彼此相守的日子里。我们在一起的时间，太短太短了。

那一窗暖心的红

◎丁迎新

又是一场沁凉的秋雨，把所有的热情都打回了心底，宣告抗争无效的树叶，红着小脸，依依不舍地挥手告别。更多的是因失去了营养而心灰意冷的枯黄叶子，勉强舞蹈几下，被大地默默地收容。

小区分为一期和二期，二期大多为廉租房和回迁房，陆续有了住户。二期的两幢楼之间，有个圆形的广场，拉大了楼间距，增添了明朗和阳光不说，还给小区里带来了欢乐。清早，七八个老年人在整齐划一地练习太极拳；白天，几个支架一放，花红柳绿的衣被敞开怀抱迎接阳光的亲吻；傍晚，人们打羽毛球，玩轮滑，做游戏，还有婴儿学步，小小的广场盛着满满的欢笑。

因在外地工作，一般是周末回家，除了和妻子或者儿子在广场上拼杀一回羽毛球，我也喜欢站在窗前关注一下广场。

秋雨落下之后，从窗外扑进来的风带着寒意，能把人冻得起鸡皮疙瘩。俯视广场，难得的空无一人，所有的热闹都被浇熄了似的，连周围的小树也安静了许多，只寂寞地矗立在那儿，倒是有一丝硬朗和不屈。

我的目光刚要移开，一抹红飞了进来，像一轮红日突然溜出厚重的云层,在清冷灰暗的背景里格外醒目。小小的自行车上,是个一手打着红伞一手握着车把的小女孩,由于单手扶车把的缘故,车骑得不太稳,时而歪歪扭扭,时而晃晃悠悠。但这丝毫不影响小女孩的兴致,她顺着广场的内边沿,绕着圈地骑。有时,还故意把手中的伞左右转动,甩出一圈晶亮的水珠;有时,有意识地停下来,做出金鸡独立或者大鹏展翅等几个动作,动作不老练,却透出可爱和灵气。那寒风,那冷雨,仿佛与她无关,根本不在她的眼里。

我不由自主地笑了。儿子小时候好像也是这样的,下雨或是下雪,不能阻碍他的玩耍,相反,倒添了他的兴致和玩耍的内容。妻正好下班进门,我顺口问她:"这是谁家的孩子呀?也不知道怕冷。"妻不用看就回答说:"最近每天晚上都在,天晴下雨都是。天黑了才回家。"这孩子,是要参加什么骑自行车比赛吗?所以每天放学后都要练习?

的确是每个周末都能看到她了。下雨天,小红伞必不可少;天晴,就是红裙子。她骑着小巧的白色自行车,像一团热烈的火,在满广场里跳动和燃烧。有人或是没人,都不影响她的快乐。偌大的舞台上,她是独一无二的主角,有无配角根本不重要。

转眼间,冬天来了,第一场雪悄无声息地落下,漫天里轻盈地飘舞,时间不长,地就白了,像铺了一层薄薄的地毯。小女孩又来了,亮丽的红色羽绒服,连衣帽戴在头上,还有红色的手套,在白色的背景下,格外鲜艳夺目。可惜的是,因为地上积了雪,自行车总是打滑,小女孩并不气馁,一次次地尝试,一次次地努力。不好!小女孩摔倒了,但她迅速地爬起来,接着骑。我不禁摇了摇头,这孩子,倒蛮倔强的。

"隔壁的老太太去世了。"妻打电话给我,颇有些伤感。我闻听消息,心里很难过。那是个很好的老人,善良,热心。有一次小偷大白天撬我家的门,被她发现,她不顾小偷拿着刀威胁,硬是用拐棍赶跑了他。而且有什么好吃好喝的,她也总不忘送过来一份给儿子尝尝。

几个月之前,老人的孙女在上学的路上遭遇了车祸,没能救活。从此,再也看不到老人走出家门一步,据说病得很严重。现在,竟然追随孙女而去了。正好是周末,我匆匆赶了回来,和妻子一起来到邻居家,表示哀悼。

一个穿着红色羽绒服、特别醒目的小女孩也在,眼睛都哭得红肿了。我好像在哪见过她,但一时想不起来。旁边有几个人在窃窃私语,说小孩子不懂事,大人也不知道阻止,老人去世,怎么能穿通红的来。我不禁又看了小女孩几眼。倒也是,尤其农村最忌讳这些,这孩子的家人难道也不懂?

老太太的儿子可能是也听到了大家的议论,站了出来,拉过小女孩,对大家说:"左右邻居可能都看到了,这几个月里,她每天傍晚在楼下的广场上骑自行车,刮风下雨都在。不是她喜欢那样玩,而是为了假装成我因为车祸而去世的女儿,让老太太最后的日子得到安慰。病危之际的老人,最开心的就是坐在躺椅上,看着窗外的红色身影。"老太太的儿子哽咽着,说不下去了。我这才想到,她正是楼下广场上的那个小女孩,原来,她的风雨无阻还有着一段故事。

经过打听,我总算了解了全部。小女孩和老人的孙女是同学,也是好朋友,每天一起上学放学。那天的车祸,是老人的孙女一脚蹬在了小女孩的自行车上,否则,死在车轮下的将是她们俩。老太太本就是癌症晚期,当听说孙女遭遇车祸,就神志不清了,只有看到广场上红色的小小身影,仿佛看到了经常在那儿玩耍的孙女,才会安定许多。

老人是含笑离去的,就因为那一窗暖心的红。那红,正是一颗纯洁的童心竭尽所能地燃烧所散发出来的光芒。

从此,任何时候,我再透过窗户瞩目广场时,我的眼前都会出现那一团跳跃的火焰,好美,好温暖!

乳名是一抹淡淡的乡愁

◎ 化　君

　　一个人在街上走，隐约听见有人喊"三妮"。环顾四周，人来人往，人们步履匆匆，面目漠然。哦，是从渺茫的时空里传来的声音。

　　那年，也是一个人，也在这条街，听见有人喊"三妮"，回头，看见一张黑黝黝的脸，笑灿灿的。愣怔了一秒钟，我跳起来喊："大树哥。"

　　大树哥是老家的邻居，比我大十岁，但他总爱跟我闹着玩儿。除了大树哥，老家的人没谁喊我"三妮"，母亲也不喊。起初听见他喊"三妮"，我噘着嘴说我不叫"三妮"。可下次见了，他仍然笑嘻嘻地喊"三妮"。我生气不搭理他，他却猫逗老鼠似的喊得更欢。慢慢地，我就习惯了。

　　在我记忆里，大树哥整天扛着个锄耙或铁锨，有时也扛麻袋，拉地排车，放羊。到了冬天，大树哥就没事做了，常常跑来我家玩儿。大树哥说话时总是嬉皮笑脸，我有点儿不待见他。

　　一天，大树哥一走进我家院子，就盯着我家的屋檐看，来来回回看了好几遭。我问他："看什么？"他说："小小虫（麻雀）窝。"我说："看小小虫窝干什么？"他说："给你捉小小虫玩儿。"我突然觉得大树哥一点儿也不讨厌了，我开始寸步不离地跟着他，催他赶快捉小小虫。

大树哥有一手捉小小虫的绝活，天黑后，用手电对准小小虫窝照过去，小小虫就会扑扑棱棱往外飞，一捉一个准。

吃完晚饭，大树哥就扛个长长的木梯子来到我家，竖在墙上，晃晃，确定靠牢靠稳了，便开始一磴一磴往上爬。手电筒突然亮了，跟着，传来一阵扑扑棱棱的声音。我在梯子下面喊："大树哥，捉住了吗？"大树哥说："飞啦。"第二天，天不黑我就站在木梯旁边，等大树哥给我捉小小虫。可是，他仍然说："飞啦。"直到冬天过去了，胡同里的屋檐都照遍了，大树哥仍然没捉住一只小小虫。他说："明年冬天再逮。"

后来，母亲告诉我，大树哥一到冬天就冻手，青一块紫一块，肿得跟面包似的，他不知道从哪里打听到一个偏方，说小小虫的脑汁可以治冻疮，所以他才捉小小虫的。虽然觉得大树哥有点儿残忍，但捉小小虫带给我的快乐足以让我原谅他。

后来，离开那个村子，就再没人喊我"三妮"了。偶尔回老家，碰上大树哥，他也不再喊"三妮"，而是一本正经地叫我大名。

一次，回老家看望生病的大娘，大树哥恰好在。说话间，他冷不防喊了一声"三妮"，却显出十分尴尬的样子说："这样叫你，不生气吧？"

大树哥哪里知道，"三妮"的称呼，于我，已成为奢侈的渴盼，就像童年的欢乐时光，就像溶溶月光下捉小小虫的一个个夜晚。

或许，那将是我听到的最后一声"三妮"了，它萦绕成一抹淡淡的乡愁，在心头漫溢。

爱你的人在厨房

◎夏学军

成家立业之后，越发懂得了作为母亲的不容易，所以这几年，但凡出去旅游我都带着母亲，我想让她看看外面的风土人情，想让她尝尝各地的美食。可是上一辈的人，大都不喜欢外食，不是嫌贵就是吃不惯。

母亲更喜欢亲自张罗一桌菜，把我们招呼在一起，看着我们大快朵颐。母亲的厨艺是真的好，她了解我们的喜好，每个人都能吃到最爱吃的菜肴。逢年过节的时候，我建议出去吃，也让母亲轻松一下，母亲却坚决反对："外面的不卫生，还贵得要命，不去不去，我给你们做好吃的。"

结婚了，爱人是成都人，口味和我们略有不同，特别爱吃辣。母亲是有心人，长江的活鱼、郫县的豆瓣、涪陵的榨菜、四川的辣子，统统堆积在我家厨房，母亲融汇南北两地菜系之长，端出了那一碟碟搭配营养、色香味俱全的菜肴。那经过慢火炖制而沁人心脾的美味，已然不是简单的一碟碟、一碗碗的菜肴了。

我常常开玩笑说："咱家的厨房就是一个江湖，既有东北白山黑水的豪放，也有四川的火辣鲜香，如果想要上海的婉约、北京的端庄，母亲照样会让我们吃得雅致精彩。有这样的母亲和厨房，即使我如鸿雁飞越万水千山，想念的还是家里的那口鲜香。"

我们的身体是靠五谷杂粮和肉食果蔬供养着的，饥肠辘辘地回到家，有什么比厨房里锅碗瓢盆碰撞的声音更悦耳？还有什么比那碗热气腾腾的煮面更有治愈功能？汪涵回忆起他和杨乐乐一起下厨的情景时不禁感慨：翻炒就是情感的升温，糖醋就是情感中的蜜意，做一碗面条何尝不是柔情。

我有位异性好友，特别喜欢做饭，他说："我特别享受做饭的过程，采买，洗切，看着它们慢慢变熟，心爱的人吃得开心，是世间最美好的一件事。"虽然他很忙，但是只要有时间，都会把妻子赶出厨房，一个人叮叮当当地忙碌。心上有人，胸中有情，爱，流淌于厨房。一碗炸酱面，一罐煨排骨，其深情远远胜于一切言语。

有人说愿意为别人做饭的人，都有一颗温暖、善解人意的心。他们懂得生活的凛冽，愿意用最简单最原始的方式，安慰你风干的脾胃；他们知晓你的艰辛和不易，用美食为你画出美好生活的蓝图。食物所蕴含的魅力，传达的不仅仅是一种生活态度，还有我们穷尽一生追求的细水长流的爱。

生活最是朴实无华，年复一年，日复一日，都在洗洗切切、煎煎炒炒中度过，偶尔的磕磕绊绊成了点缀。味觉是有记忆的，且悠长，通过敏感的味蕾记忆酸甜苦辣，多少情怀都化在了心里，丝丝缕缕萦绕我们平凡的日子。

外面有风雪，可我有厨房，爱我的人都在厨房，我也愿意为他们，钻进厨房，于烟火缭绕中诉说爱。

时光笔墨

◎ 顾晓蕊

她斜倚在车的后座上，眼睛微眯，嘴角翘起，似笑非笑，和暖的阳光越过车窗，洒落在花瓣般柔滑光洁的脸庞。她从书包里掏出随身听，轻晃着身子听起歌来，仍是那首《时光笔墨》，边听边跟着低声哼唱：一念成执着，沧海变荒漠，轮回中，我像飞鸟经过……歌声清凉如水，荡漾着，溢满车内。

我仔细倾听了会儿，忍不住摇头轻笑。她刚满十七岁，年少强说愁，又怎会真的懂得沧海翻转，时光凉薄。当然也只是想想，无须道破。车窗外，人声、车声，嘈杂喧腾，一浪接一浪地涌来，但似乎又被这歌声抵消，消融于黄昏里。

她今年读高三，随身听是我送给她的生日礼物，想让她在周末闲余时适当放松。之前她乘公交车往返学校，不用接送。近来逢城市修路，公交车改线后，没了直达校区的车。距高考不足百天，作业如山如海。每周末回来一天，她埋头做题，很有些恨不得时光滞流，将寸寸光阴拢入指尖。周日下午返校时，为了赶时间，我打车送她，路上约半小时的车程，成了她难得的静享时光。

正想着，车颠了几下，我趄了下身子，朝她伸出手去。她不用侧头看，便明了我的心意，与我的手交握在一起，十指相扣。

她知道我晕车厉害，用力攥紧我的手，那是一种无声的语言：别担心，有我在呢！我们是母女，犹如两棵相依相偎的树，彼此的根根脉脉、枝枝叶叶，都勾连交错，熟悉相互的气息。

我心头一热，甚而期望，在她毕业前这条路不要修好，能多陪陪她。"十年心事十年灯，芭蕉叶上听秋声。"一个又一个十年过去，不觉已人到中年，愈来愈觉得人生有太多的变数，能握住的东西是有限的，莫不如珍惜当下，这一份体己的温暖。

她刚考上市重点高中时，我着实高兴了一阵儿，可待到第一次月考成绩出来，又如一盆冷水浇灭我心底的喜悦。她有几门功课不及格，在班上排到三十多名。我有些失望，要知道初中时她的学习还算优秀，这让整日疲于奔碌，陷入生活旋涡里的我，一度以此宽慰。

她垂手站立，斜着眼瞄着我的脸，叹道："这次没考好。"我故作轻松地给她鼓劲："可能是还不适应，下回努力。"她仰起年轻鲜亮的小脸，眼睛亮亮地一闪，慌慌地点头。

然而第一学期下来，她的成绩时上时下，始终徘徊在中等水平。一次家长会后，很多家长围住班主任问这问那，我也挤上前，揣着小心说："我是小豆妈妈……""哦，你女儿好人缘哟，走哪都是焦点，课堂上也这样，话多得刹不住闸……"轻飘飘的话，如一片片羽毛般落下。我尴尬地回道："得跟她好好谈谈了。"

"在课堂上乱说话，这是咋回事呢？"我一进家就厉声问道，脸沉郁得如一片雨做的云。她绯红着脸，急切地辩道："我没有，不是那样的,同学经常忘带钢笔、橡皮或尺子,课上管我借,我就递给他们喽。"我心里一软,但仍板着脸说:"别岔开话,给自己找理由。"她委屈道:"妈妈,你不是总说要多帮别人吗?"

不管怎么说,做人善良一点儿,总没错的。我走上前握住她的手,想要安慰几句,发现那双手软软的、凉凉的。正疑惑间,她笑着说:"妈妈,我把毛裤借给下铺的同学,她穿得单薄,前几天下雨冻感冒了……"我长叹了口气,怒气如潮水般退去。

这么思来思去,我倒也看开了。只要花儿肯努力,早晚都会绽放的,有的只是开得慢了点儿,那又何妨呢!

正乱想着,车到了学校门口。我跳下了车,掏钱,付钱,一扭身,不见了女儿。再一抬头,见她已跑到马路对面,跳着脚冲我摆手。

我小心地穿过车流,气喘吁吁地站到她面前,刚想嗔怪几句,话到嘴边却凝住了。她手里举着张贺卡,上面画有一簇花,旁边一段漂亮的楷书:祝妈妈母亲节快乐!在我心里妈妈永远是年轻美丽的,我长大了以后,会带妈妈一起出去旅游,看各种风景,吃各地美食,妈妈永远是我最爱的人!

我心里明白,无论有多么不甘不舍,难以体面地退出,我都必须试着放手。十余年的寒窗蛰伏,正是为了有一天破茧而出,飞向更辽阔的远方,而我只能目送着你的背影远去。或许有一天,你回过头来会发现,我仍在原地守望。那目光,穿过重重光阴,与你一世相随,且从未远离。

我的哑巴舅舅

◎徐潘依如

小时候见到舅舅,我总是躲。他一过来,我就跑。跑不了,便哭。因为他挥舞双臂"咿呀咿呀"的样子实在吓人,还有他那总想着凑过来贴我小脸的拉碴细胡,每次都会扎得我生疼。

后来,年纪大了些,便也不怕了,却学会了欺负人。仗着舅舅听不见,我常口里嚷着一样东西,指着另一样,让他去给我拿,他一拿错,我就笑他,让他再拿。"舅舅舅舅,快快!"这是那段时间我常喊的话,他也不恼,就陪我玩。

印象中,舅舅的人缘特好。只要看见村里人从家门口经过,不管大人小孩,舅舅总是笑嘻嘻地和大家打招呼,有时候还会邀请人家上门坐坐,递上一杯热茶。每当邻居或其他村民有个什么需要出力的事情,他也会乐呵呵地上门帮忙。地里蔬菜瓜果成熟了,他还会分些给左邻右舍。所以村里人都很喜欢舅舅,也为舅舅的残疾抱不平。

舅舅一天忙到晚,一年忙到头,最少打理的便是自己。舅舅的衣服年年都是那么几件,每次爸爸叔叔来看望他时,总是给他钱让他买件新衣服穿,他"啊啊"地答应,然而也不见有什么变化。冬天天寒,没有件像样的羽绒服的他就裹着一层又一层补丁衣物来御寒。他的"新衣服"大多都是爸爸叔叔们不穿的。每次让他穿上"新衣服"给我们看时，他便会像新郎官似的腼腆地笑。

舅舅爱笑，一笑起来眉毛眼睛就会拧在一块儿，眼角的皱纹整齐地排布在两边，像两朵绽开的花，呼应着咧开的缺牙的嘴。

而每次见到我，舅舅脸上便会哗地一下开出花来。每次吃饭，他都抢着坐我身边的位子，然后挑桌子上的好菜拼命往我碗里夹，连拒绝的余地都不给留。

听说舅舅的聋哑是八岁一次放牛时，不慎从牛背上摔下来后，没有得到及时的治疗而导致的。由于自幼残疾，舅舅一直没有娶妻生子，依托其招亲上门的妹夫一家子过生活。

从小到大，舅舅一直都在放牛。舅舅家的屋后有一个大牛棚，总会看见舅舅和牛在一块儿的身影。棚里暗黄的灯光下，舅舅的脸像是爬满了岁月的蛆虫，舅舅会用布满沟壑如硬皮革般的手去摸摸牛的头，拍拍牛的脊背。

总觉得牛被印度教教徒视为"圣兽"是有原因的，在我看来，牛的身上有一种静水流深般的神力。

每次我经过那垫着厚厚干草的牛棚，看见牛探出栅栏的头时，望着那镶着上下开合的、有灵动的睫毛的眼睛，总能从那儿看到一种难以言说的深意。

而我觉得，舅舅能读懂这种深意。每当舅舅上前去时，牛也会应和似的甩甩尾巴，哞哞地轻声唤几下。

而今，家里盖了新房，拆了牛棚，舅舅再也不用去放牛了。但我却会常常忆起，细雨蒙蒙的日子里，舅舅顶着笠帽披着蓑衣，走在泥泞的路上，两旁是无垠的天地，身侧是尾巴一摇一摆的那头老牛，渐行渐远，直至背影苍白。

忽然想起《牛的写意》里的一句话："牛不在意自己身后留下了什么，绝不回头看自己蹄印的深浅，走过去就走过去了，它相信它的每一步都是实实在在走过去的。"

夜风里的马灯

◎朱成玉

风将所有窗户都关了起来,我担心的夜,终于还是来了。风像一只忠诚可靠的黑狗,伸长舌头,热情地舔抚我内心的荒凉。

它穿过灌木丛向我吹来,抖落两颗星星;它穿过坟场向我吹来,它甚至想把那些枯骨从梦里吹醒。那些枯骨里,有一根是祖母的。

祖母的离去让我的心头一片灰暗,如同风,抽走我的灯芯。

我在那个夜里放声大哭,哭声被风拉得很长很长,好像在丈量,这个世界忧伤的边界。

父亲是个基督徒,对祖母的离去看得淡然,他把一切都归结于上帝,人的出生是耶和华的旨意,人的离去是耶稣的召唤。

我对父亲眼角没有流出一滴泪而有些困惑,那离去的可是他的母亲啊,如此重要的一个人就那么去了,可是他的脸上却看不出一点儿悲伤的神情。如此"铁石心肠",怎能不让人费解?

他只管祷告,他说,他在用祷告为祖母送行。

我不懂,只是任性地问:"如果有一天,我出了意外,你是不是也会这般,没有一滴泪为我送行?"

他愣怔了一下,继而拍着我的脑袋:"傻孩子,净胡说,永远永远永远不会有这种事情发生的。"

他一连气儿用了三个"永远",用毅然决然的否定表达着他执拗的父爱,为此,我略表心安。

他一遍一遍地擦拭着祖母的遗像,那一刻,我理解了他。作为一个要承担全部生活重担的男人来说,他只能隐忍他的泪水。

他孜孜不倦地为我描绘他心中的上帝:

"天上的飞机飞得那么高,但里面的驾驶员你见过吗?自来水呼呼往外冒,大晚上的屋里可以亮堂堂,这都是电的功劳,可是,电,你见过吗?轮船在海里漂着,大风大浪也不翻,那开船的你站远处看见过吗……"

我承认,作为一个相当于中级知识分子的车工,父亲的排比句用得熠熠生辉、铿锵有力。

我默默不答。

"既然飞机能飞、水能抽上来、灯能亮、轮船不翻,都是因为有个看不见的力量在掌控,那么日升月沉、寒暑易节、花开花谢,这么奇妙的世界能有秩序地存在着,能没有一个伟大的力量在掌控吗?"

父亲说:"这个看不见的力量,就是上帝。"

这信仰就成了父亲心中的火,我似乎找到了他总是不惧怕黑暗和寒冷的原因,也找到了他总是可以化解悲伤的良方。

而我永远不会把他的信仰装到心里,无论他如何苦口婆心。我的信仰是父亲,一直都是。

父亲，爬上高高的山，采回草药，为我疗伤；爬上高高的树，摘下果子，为我润喉。而我，只会爬上他高高的左肩，够他同样高的右肩；而我，只会爬上他的眼角和额头，作为忧愁或者快乐的隐喻，存留在那里，盖上岁月的印章。

父亲的拐杖高了。其实啊，是父亲的光阴旧了，是父亲矮了。此刻，我想爬上高高的云端，裁下一块手帕，掸他仆仆风尘。

我一度胆子很小，怕走夜路。父亲对我说："一个男子汉要有勇气面对黑夜，要把黑夜作为成长的一个检验。"父亲提了一盏马灯出来，对我说，"有它咱啥都不怕，走吧！"

我看见那马灯，把火明明白白装在心里，就像父亲把他的信仰明明白白装进心里一样。

有了这底气十足的马灯，我敢于去走任何崎岖坎坷的夜路。任何大风，也难以把它吹灭。

我低头前行，义无反顾，黑夜只是我众多疾苦中并不显眼的标签，我不惧怕它，就像口吃者不再惧怕一段绕口令，就像五音不全的人不再惧怕麦克风。

初到这个偌大的城市，就像懵懂的少年在街边的墙角被一块丢弃的口香糖粘住了脚，少年的心不明白，这么甜蜜的东西为什么会被人扔掉。这个世界着了魔一般，光怪陆离，我才知道，城里的夜灯火通明，却比乡下黑魆魆的夜更复杂。我探测不出近在咫尺的另一颗心的深度。

我所求无多，属于我的角落不用太大，二十平方米足矣，在偌大的城市，那是巴掌大的一块地皮，像一张过期的并无收藏价值的邮票，却可以承载我心中热爱。

父亲递过来他的"马灯"——他的祷告。他说："上帝看着呢！甭管别人怎么晦暗，自己一定得亮起来！"

你看，他总能帮我拨开云雾，让我得见心中日月、朗朗乾坤。就像我不再惧怕黑夜，甚至开始喜欢，常常把自己的身子探进黑暗里，如同一头扎进泥塘的野猪，发出欢喜的"哼哼"。

有时候，我真的只需要一盏马灯，照我自己的房前屋后。我在明明白白的心里装上火，我就是马灯，是父亲从最深的黑夜里传递过来的马灯。

他的祷告是风，会吹平祖母额头的褶皱；他的祷告是风，会吹走祖母眼底的尘灰；他的祷告是风，从来都没有停止过努力去吹亮我的每一个夜晚。

第二部分

奋不顾身的雨

草 之 德

◎钟精华

尽管有人说"草木无情",我却固执地认为"草亦有德"。

草之德,在无欲。

草,无论在旷野,或是在山崖;无论在河畔,或是在谷底;无论在花旁,或是在树下;无论有人赏,或是无人知,都是一副无欲悠然的神情:抬头迎日出,低头听雨嘱;舒展观彩云,舞动贴风神。

草之德,在不屈。

草,虽弱也柔也,却有一股不屈的劲儿。白居易早有诗云"野火烧不尽,春风吹又生",正是这种不屈的劲儿,不仅让人看到"一番桃李花开尽,惟有青青草色齐",而且让人深感"枝上柳绵吹又少,天涯何处无芳草"。

草之德,在坚守。

草,无论生在沃壤,或是长在瘠田;无论植根墙头,或是扎根山顶,其萋也其土,其枯也其土。无论这土是肥是瘦、是多是寡,时时不离,刻刻坚守。

草之德,在知昭。

草,生而无言,却有无言之昭,百草滋荣时,昭示春日到;"草深无处不鸣蛙"时,昭示初夏来;"草木摇落露为霜"时,昭示秋风起;"草木尽坚瘦"时,昭示冬日临。倘若在大漠,昭示有救命水;如在山脉,没准又昭示藏有金。

草之德,在善信。

草,无论你善待它也好,虐待它也罢,它都以一颗善意之心待之,信奉的是"善者吾善之,不善者吾亦善之,德善"之信条;草,无论你对它守信践诺也好,背信失诺也罢,它照样把本色亮出来,坚持的是"信者吾信之,不信者吾亦信之,德信"的原则。

草之德,引人思。

草木有本心,在于引人思。有思才有得,有得可扬德。孔子从"草上之风,必偃"的现象中,悟出在上者行为的导向性多么重要。因为,在孔子看来,在上者的德行就像风,在下者的德行就像草。风吹向哪边,草就跟着向哪边倒,从而启发在上者要"身正"。老子则从"万物草木之生也柔脆,其死也枯槁"的现象中,悟出弱能胜强,柔能胜刚的道理,进而提出"强大处下,柔弱处上"的道理,启发在上者要有"处下"的心态,眼向下看,关注"柔弱",对"柔弱"者高看一眼,厚爱一分。

草虽小,却不少;草虽弱,力在多。

乡思一畦菜

◎王继颖

单位大门内,门卫师傅贴墙根儿种了一畦豇豆角。细竹竿上,蔓叶攀爬,葱茏出一片绿锦,很快又有小白花绣上去。白花谢后,细长的嫩豆角从藤叶间探出身来,那姿态,很像身材修长的门卫师傅站在大门外眺望的身影。孤独守门的师傅,一定时刻怀想着几十里外的乡土田园,牵念着他守望田园的妻子。

师傅闲不住,把小小门卫室收拾得窗明几净,并每日打扫单位的大院子。勤劳如此,他故乡的院落,墙内或墙外,一定年年种几畦菜,像许多农家一样。守门的日子宛如一篇漫长的流水账,次第成熟的豇豆角是一个离乡农人的文字,上弦月是逗号,圆月是句号。逗号句号的变幻间,妻子偶尔来门卫室替换师傅回家。师傅守门孤单,幸好还可以偶尔回乡,亲近土地家园。清晨或黄昏,他站在自家菜畦边,和亲友叙着闲话,霞光给他整个身心披上一层喜气。

故乡的老院子,篱笆内外的蔬菜,将我的童年生活点缀得活色生香。玉米秸围的篱笆充作院墙,东篱外一大片菜园是父母种的。韭菜、茴香、大蒜、茄子、豆角、青椒、辣椒、西红柿、大白菜……时节变幻,新鲜的蔬菜应时应季赶赴饭桌。西篱内几畦黄瓜，是我和姐姐的责任园。上学之余，学习种菜，点种、浇水、搭架、摘瓜……我们俩还在菜畦周围种上凤仙花、六月菊、大丽花、美人蕉等，给黄瓜架穿上了绣花裙儿。夏秋季的早晨，篱笆上缀满紫红的喇叭花。懵懂年纪，关于土地的神奇、劳动的意义，我最早在蔬菜畦和花间得到启蒙。

一直喜欢"家园"一词。我以为，生在农村，家中有院，院内或院外应时应季蔬菜葱郁，这样的人，会更深地理解家园、眷恋家园，离开家园也会魂牵梦萦。

我十五岁走出故乡的老院子外出求学，一晃就过去三十年。父母姐弟等亲人搬离小村后的十几年，老院子只能牵挂于魂梦里。盛夏六月，难得的机缘，再次走进我家的老院子。父母和弟弟搬离时，我家已是高墙大院，高低十间房子，整洁漂亮得很。多次入我梦境的华美宅院，彩色的木门窗油漆斑驳，在眼前现出沧桑的容颜。倒是院子里的一片蔬菜，长势旺盛，茁壮得很。租房的外乡生意人，也来自农村，种在我家老院子里的蔬菜，曼延着他们的乡思。站在一片繁茂的记忆里，突然意识到，我再也回不到养育我长大的家园了。

单位两老兄，一位精通摄影，一位工于书法；又有两姐妹，一位文采不凡，一位擅长琴艺。四人都来自农村，工作生活的余暇，种菜为乐。先是在城西每人租一分地，四五年的时光，种收之外，翻地施肥间苗拔草等细节，都似地道农人。孩子都已长大，城里小家吃饭者寥寥，种出的菜哪里吃得清，馈赠亲友是寻常事。后来，城西的地不再外租，失去菜地的四人，开着车围着城郊转圈，大半天时间，东西南北找地。那失魂落魄的样子，他们自己都觉得可笑。终于，在城西找到一小块可以种菜的地，皆大欢喜。那块地，不过是别人弃置的厂区。兄长姐妹赠予我的蔬菜，颜值不高，却纯净新鲜，有故乡的味道。

　　我把故乡的蔬菜，种在文档里。魂牵梦萦的老宅院，坐落在文字的村庄里，院内院外的蔬菜畦，点缀着各色的花儿，浸染成一幅永不褪色的油画。故乡的景物人事，都如我少年时。

草是村庄的色彩

◎文雪梅

酷热的炎夏,蛰居于人声鼎沸的城市,临窗而眺,钢筋水泥包裹着的一切是那样滚烫,像是燃烧起来。路边的树上,蒙上了一层厚厚的灰尘,叶子很自然地耷拉下来。匆匆的行人被晒焉了,虽然女人们裙裾飘扬,男人短袖短裤一齐上阵,也抵不过热浪的忽然来袭。这个时候,家乡的草绿汪汪一片铺展在眼前。

我的家乡坐落在一个山坳坳里。草,随处可见,河畔塘边、沟渠堤坡、村庄周围、道路两侧、房前屋后、庭院隙地……都有草的身影。或是镶嵌在地面上的低矮野草,像一层绿毯一样装扮着大地;或是长在肥沃土壤中的野草,密密匝匝,茂盛繁密,不管风吹雨打,不论环境优劣,总是一副坚强不屈的神情,长得生机勃勃。草,像流泻在乡村大地之上的绿光,掩盖了贫瘠的土地,浓墨重彩地涂绿了村庄田野,将乡村的夏天描绘得如诗如画。

有草的地方,就有放牛娃、放羊娃手挥皮鞭的豪迈。杂乱无章的草,叫不上名字的草,汲取了土地的营养,被清澈的山泉滋润着,无怨无悔地哺育着家乡的牛儿羊儿,使它们膘肥体壮、毛色发亮。瞧,牛儿摇着尾巴,满足地啃食着一丛丛茂盛的草。不安分的羊儿却不是那般,平坦地里的草不吃,偏偏攀到山崖上,站在陡峭的悬崖边，品尝带刺的枝叶。即使嘴巴扎出了鲜血，也一样咀嚼得津津有味。几十年过去了，这样的情景仍然历历在目。舍弃容易得到的食物，却非要尝遍艰辛、历经风险去他处。长辈流传下来的一句俗语，破解了其中端倪："羊吃枣刺就是图扎呢！"

有草的地方，有生机和欢乐，还有很多难忘的记忆。不得不说的是给猪拔草。夏日的乡村天亮得很早，几个山妞妞相邀，乘着清爽的风儿，倾听着树上鸟儿的歌唱，提着篮子，一路朝河对岸的玉米地里进发。在宽大的玉米叶子的庇护下，那些草生得郁郁葱葱，鲜嫩无比，还散发着沁人心脾的清香，乐得她们心里开了花。太阳出来了，篮子里的草也拔满了，人也累了，来到地头，在树荫下的草地上一躺，闭上眼睛，做一个甜甜的美梦。头顶是蓝天白云，身下是绿草茵茵，别有一番意境。就像作家刘亮程写的那样："我一回头，身后的草全开花了。一大片。好像谁说了一个笑话，把一滩草惹笑了。"

有草的地方，就有清凉和惬意。家乡有处美丽、神奇的地方——关山草原。这里山脊起伏，坡缓谷阔，草甸丰茂，绿茵似毯，自然风光无限美好。炎炎夏日，青翠的草原氤氲在一层浓浓的雾霭中，点缀着情感流动的天空，像镶嵌在陇州大地上的一颗璀璨的明珠，熠熠生辉。草原、蒙古包、房车营地，置身于关山草原，就像进入了人间天堂。城市里闷热难耐，这里却空气清新、凉风习习，越来越多的游人把它当作纳凉消暑的绝好胜地。想不到，草，成了家乡的"形象代言人"，关山草原成了家乡的名片。

城市里也有草，它们被辛勤的园丁设计得很体面，整齐的草坪成了一道亮丽的风景。人们无微不至地呵护着——"千万别踩疼了小草哟！""小草在成长，请勿打扰。"但是，我却总觉得少了些什么。

多年来，记忆中保存的总是儿时家乡那些野草的风景。家乡的草没有灰尘的侵扰，没有汽笛的喧嚣，带着泥土的芳香，蔓延在我的心灵深处，让人怀念，让人深爱。

渐成故乡客

◎孟祥菊

月底,趁天气转暖之际,我刻意赶回东北老家去休年假,打算陪母亲多住些日子,顺便将朋友托付的半部书稿校对完,回去后好直接送给编辑部。

说好是来陪伴父母的,不曾想到,我的到来却使年迈的父母变得终日忙乱不堪。母亲见我经年吃不胖,误以为我是个在吃食方面敷衍了事的懒丫头。于是,一日三餐做得相当正规,顿顿都是两菜一汤,还不重样。即便是一碗常规的热面疙瘩汤,她也忘不了往里面放入两个荷包蛋,外加几粒虾仁和一把矮菠菜。母亲常说,爱读书的人脑子容易被累坏,需要日日进补。母亲的做法,弄得我心里大不自在,老人哪里知道,苗条瘦身一直是我的一种坚持,而母亲的每顿饭菜,都会令我"忧心忡忡"。

父亲已然年过七旬,我的到来打乱了他白天闲逛的习惯,终日变得足不出户。每次,当我拿起笔刚圈阅完一小段书稿,他总会轻手轻脚地走过来,并打着为我送水果或甜点的幌子,好奇地站到书稿前默看一气,常弄得我思路大乱。于是,我只得放下手中纸笔,随便找个话题陪他闲聊几句,以示恭敬。

不仅如此,我的还乡举动还惊扰了左邻右舍,大家会不分时间、不分场合地来家闲坐，借故聊些城里人的新闻旧事或家长里短，试图在我的描述中，能真切感受到城里人华丽的生活方式。更有一些年岁相当的中年人还会不厌其烦地邀我去各家吃饭，目的是为了与我探讨他们孩子的未来走向问题。就连晚上陪父亲散步，也总能遇上叫不出辈分的三两位长者，他们穿着厚重的旧式绒衣，趿拉着不大跟脚的薄底胶鞋，捏住我的衣襟，口不停歇地向我问些"娃子几岁""在哪读书""成家没有"之类的碎话，弄得我只能哼哈乱答一气。亲朋故友们毫无节制的善意打扰，彻底捣毁了我此次回乡的计划，让我脑子里变得一团糟。

眨眼间回乡已一周有余，手边的论文却只写了个开头。敏感的我忽然意识到，故乡虽美，却不再适合我久居。毕竟，这里的一切与我的生活已然有了距离，便如我的这次到来，不仅打乱了至亲二老的正常生活，还使自己摇身变成一位失去自由的"故乡客"，而心底一直藏有的那份对故乡的思念，也被乡下人的那种过度热情搅得寡淡了许多。于是，又过了两日，我不得不做出提前返城的决定，因为距离提交书稿的时日真的不多了。

离开故乡的那日清晨，天气晴好，年迈的父母一直将我送上了通往城区的长途客车。车子开启的一刹那，我忽然瞥见父母身后的一株老槐树上，两只花喜鹊正在跳来跳去，我的心即刻变得朗润起来。记得80后女作家辛夷坞在她的小说《致青春》中说过，"故乡是用来怀念的"，此言说得极是。从小到大，我们一直在以一种"逃离"的方式，默默地与故乡对抗着：少时读书，目的是为了到外面的世界去闯荡；待到成人，我们又习惯地将自己的家安在他处，旨在能与就近的城市接轨；年岁渐长，故乡与我们之间的距离越来越远，直至凝固成一个符号。然而，故乡毕竟是游子的根，只要那里有我们的父母健在，我们便会毫不吝惜地将自己的所有假日无条件地兑付给他们，借此了却一份亲情，成全一份孝心。

或许，这就是中国文人笔下百说不尽的乡愁吧！从某种意义上讲，故乡永远都是游人心中挥之不去的牵绊，也是鞭策我们不断前行的动力。

落果不是树无情

◎ 禹正平

树树秋声，山山寒色。

每一枚从树上落下的果实，或轻盈，或沉重，都是一次壮丽的飞行。它们经历春生、夏长、秋实，风轻轻一推，便脱离了树枝，开启新一轮的生命历程。

古人云"一叶落而知天下秋"，说的是流逝的时光；看一枚果实"啪啪"坠地，听到的是时光的足音；而一棵树只剩下光秃秃的枝丫在寒风中战栗，那是时光的无情。

年少时，我总弄不明白，果实的离开，是因为风的吹动，还是树不挽留？长大后，我才慢慢懂得，风不是推手，树也没有绝情。树与果，就像一对父子，孩子在成长，父亲在老去，当父亲的手掌再也盛不下孩子的天地时，就该松手了。落果，不是树无情，而是一次放手，一次成全。

落果不是树无情，一棵站立的树，要经受风霜雨雪的侵蚀，要忍耐夏阳的暴晒，要挺住雷电的打击，要抵抗病虫害的威胁，才能让涩果一步一步走向成熟。其中的甘苦，只有树知道。

有不舍，也有不放心，这让树全力以赴，尽其所能，使每一枚果实生长得壮实一些，再壮实一些，好让它们日后走得更好，走得更远。

　　落果别树，飘零随风。又是一年深秋时节，望着公园里陆续离树的果子，我不由得想起那年知青下放时，父亲送我的情景：从公社到大队农场的乡间小道上，父亲帮我挑着行李，边走边叮嘱。在此之前，我认定上面动员下放时，父亲没有挽留，致使我心生怨气，一听他唠叨就心烦，远远地跟在他的后面。

　　另一位同样送孩子下乡的父亲，见我举止有些反常，就对我说，每位父亲都不容易，他们为工作所累，平时不善言语，听他把话说完吧，不然他心不安的。我没有采纳这位父亲的话，刻意保持着这段距离，直到走进大队农场。因为汽车还在公社等送行的父亲们回城，放下行李，气都没喘匀，满脸淌汗的父亲匆匆跑过来，只说了一句话："好好劳动，不要想家。"

　　树欲静而风不止，子欲养而亲不待。如今，父亲离开我好些年了，明天我也要送孩子去远方寻找未来，这才真切体味到父亲当年的不易，不知不觉中已热泪盈眶。离开公园时，我读懂了一棵树，也读懂了父亲。

　　"砌净飞花影，池深落果声。"明天为孩子送行时，我会平静地告诉他：落果不是树无情，外面的世界更精彩。

蚂蚁依然在搬家

◎李 季

村头的土路上，一群蚂蚁浩浩荡荡地在忙着搬家，从路的左边搬到了路的右边。也许，它们只是分家，好比儿子结婚后要从父母家分出去另立门户。它们没有桌椅板凳要搬，也没有锅碗瓢盆要搬，要搬的可能只是不到两天的口粮。它们的队伍浩浩荡荡，过路的牛或许会踩死几只，但不会影响到它们的队形和行进速度。为生存奔忙的蚂蚁，总是来不及悲伤。

搬家之前，一定有年老的蚂蚁先选好宅基地，然后由年富力强的蚂蚁们盖房筑巢，分出餐厅、卧室、仓库，估计不会有游乐室，它们没有时间游戏玩耍。大门应该有两个，前门和后门，前门突遇水灾，可以从后门撤离。门口放着块结实的瓦片，遇到凶险，可以随时把门从里面封住。墙壁一定会涂上一层水泥一样的材质，一是为了美观，二是为了安全，不让冒失的蚯蚓轻易侵入。虽说蚯蚓大都在潮湿的土壤里，可万一蚯蚓走错了家门呢？

除了坐月子的蚂蚁妈妈和她的蚂蚁宝宝外，其他的蚂蚁都会出去觅食。一粒米饭就会让它们惊喜得合不拢嘴。它们真是有劲，拖着比自己大几十倍的食物，也不喊累。经常见到的是，它们抬着大青虫的尸体匆忙走过。看到同伴受伤了，它们会毫不犹豫地放弃食物把同伴拖回去。同伴的尸体也会拖回去，不知会被葬到何处。

死是多么经常的事情，不经意间，就会被大型动物踩死很多，错爬进了热锅里大多是出不来了，被树胶粘住也难以挣脱。还有些残忍的小孩子，用放大镜聚焦阳光来烤，用尿来淹，甚至用手指直接捏。蚂蚁不悲伤，为了生存，必须忍住眼泪。

它们把觅食的路，修到最高的树上，修到凶险的河滩。我们所看到的蚂蚁，没有一只在闲着，它们忙忙碌碌，不知疲倦。人会闲着无聊去看蚂蚁上树，蚂蚁却没有时间去看人上树。它们有勤劳的身体，一定也有着坚定的信念吧，一定也有着热切的向往吧，即使卑微，有总比没有强。也许，所有的信念和向往，都被庸常的生活磨没了，但活着就好，活着就是一切。

在广袤的土地上，蚂蚁依然在搬家，蚂蚁依然在忙碌。它们要在寒风到来之前，准备好过冬的粮食。

腕上茉莉

◎李丹崖

去眉山参加一项文学活动,晚上,几位文友出去小聚,在岷江边且歌且舞,好不快活。

这时候,突然从门外走进来一位老太太,手里拿着一串白线。白线呈圆形,上面系着什么东西,走到桌前,我们才发现,是茉莉花,新鲜的茉莉花。

"先生们,要茉莉花不?新鲜的茉莉花。你们男士为女士买一些呗。"老太太的声音近乎哀求。

"卖花的!"文友们几乎异口同声。男士们不乐意了,打算喊老板过来。怎么有卖花的闯进来?这无异于在大排档吃饭,被乞讨者摇着饭盒要钱一样煞风景。

老板来了,看了一眼老太太,悻悻地说:"人家不要,就不要强行推销了。"

也许是看出了老太太面露难色,同行的一位女文友查了一下人头,买了十二串,她说:"每人发一串,女的臭美一下,男的轻松一下。"

我也领到一串茉莉花。新鲜的茉莉花。远远地闻,丝毫没有任何味道,手腕移到鼻尖处,异常的香。我才知道,在药材大市场买到的茉莉花近乎赝品。药材大市场里的茉莉花完全没有花香,相反,有的还有一种硫黄熏蒸过的异味,为了驱虫,可以长时间保存。

那个卖花的老人走了,临走前还冲着女文友鞠了一躬,这一鞠躬,差点儿把那位女文友的眼泪给惹下来。

这时候,饭店老板亲自来上菜,边道歉:

"不好意思,一听口音,你们就是外地客人,让你们破费了,今天的花钱我来出。"

"没事没事,"女文友忙说,"毕竟这么大年纪还出来卖花,实属不易。"

我脑海里再次浮现那位卖花老太的样子,满头花白的头发,手指却很光滑,皮肤并不差,不像是出过力的样子。

与我们同行的文友老张说:"你看那老妇的手就知道,不是辛勤的劳动人民,分明是来骗钱的。"

饭店老板表情严肃,打断了老张的话说:"这位先生,你只说对了一半,她确实不是乡下劳作了一辈子的妇人,她是市二小的退休教师。但她绝不是什么骗子。"

我们一愣。饭店老板欲言又止:"嗨!我索性告诉你们吧,老太太到饭店卖花是我默许的。这位老太太家里开着一个三分地的花圃,专卖茉莉。她原本生活殷实,拿着一笔不少的退休工资,可是,五年前,她的儿子突然离她而去。"

"是事故,还是疾病?"女文友问。

"是事故，老太太的儿子也是一位教师，到四川一个偏远山区去支教，据说那个山区小学很贫穷，老太太的儿子开着一辆越野车每周往返一次，拉着眉山的特产到支教的小学校去。他把工资全搭在了支教上，连自己的车子也疏于保养。一次，他再次拉着物资去往支教山区小学的时候，爆了胎……"

满桌文友陷入沉思，共同举杯满饮。那感觉像是在敬老太太的儿子。

老板继续说："她的儿子走了以后，还有孙子在儿媳肚里没有出生。老太太生了一场大病，然后，卖了城市的房子，在郊区买了一处农家小院，院子里专门种茉莉来卖。一开始，我们以为老太太确实缺钱，后来才知道，老太太主动承担了儿子生前的重任，每个月将卖花得来的钱定时邮寄给山区那所小学……"

老张听到这里，冲了出去，两分钟后回来了，边号啕大哭边说专门去寻那老太，打算买光她所有的茉莉，老太太却说，她不愿意一下子把茉莉卖给一个人，这样，其他顾客就闻不到茉莉花的香了……

次日返程，那串茉莉花已经干了，我却舍不得扔。我仔细看着那一根棉线上穿起来五六朵枯黄的茉莉花，手工并不好，打了一个笨拙的结绕了两圈，我却将它戴在腕上，归程的一路上，仍能嗅到隐隐的香气。

一块橡皮

◎张亚凌

"妈妈,橡皮红是啥颜色?有那种颜色的橡皮吗?老师说跳舞时裙子上得配个橡皮红的坎肩。"

"当然有了,妈妈小时候就用过。"

旁边小姑娘跟妈妈的对话让我一下子回到了四十年前。那时我们用的橡皮真的只有一种颜色,接近橡皮红。我不知道"橡皮红"的定义是不是源于那时的橡皮,可一听到"橡皮"二字,就硌得心疼。

小敏的新橡皮简直太神奇了:蓝色,透明,压着竖条,还有香味儿,跟我们一直用的二分钱一块的红橡皮有天壤之别。

我们第一次知道了橡皮还有不同颜色,还可以透明。小敏倒是很大方,允许我们摸完了再凑近鼻子使劲闻。我们把那块橡皮放在掌心,明快的蓝;凑近鼻子,淡淡的香;捏着举起对着阳光,莹莹的亮。有个同学竟然舔了一口,满脸不好意思地说:"没味道呀。"

我意犹未尽地回到座位上时,同桌小慧满脸艳羡地问:"那橡皮捏上去是软的还是硬的?真的很香吗?⋯⋯"她一连问了好几个问题。我说:"你自己去摸摸闻闻不就知道了,小敏让摸的。"小慧低下了头,显得有点儿不好意思,说她昨日刚跟小敏拌嘴了。我安慰她说:"没事的,过几天跟小敏说话了,就可以连摸带闻了。"

大家写错字都借小敏的橡皮擦,起初小敏很大方。可当橡皮的一角被磨下去时,小敏就心疼了,不好好借给大家了,除非关系特别要好的。

那天,我走得比较晚,收拾书包时,一低头,看见小敏的橡皮躺在地上。抬头,琼也在,她也看见了。我收拾好书包离开时,看到她还在座位上磨蹭着,似乎是想等我先走。

第二天刚到教室门口,就听见里面乱哄哄的。小敏在哭,在骂,在问谁偷了她的橡皮。最后怀疑是小慧,因为只有小慧没有看没有摸没有借,关键是小慧还跟她拌嘴了,心里一定记恨她有那么好的橡皮。小敏边哭边指桑骂槐,小慧只是低头写作业。

我看了看琼,她一脸坦然地在与别的同学聊天。我自己倒像小偷般不自在。多年后我才明白,目睹有种参与的感觉,甚至比参与者还有罪恶感——参与者大多没心没肺,目睹者则不然。

事情发展越来越离谱。

小敏见小慧不反应,直接冲过来逼问,还与小慧撕扯起来。小慧再也无法强作平静了,哭着跑了回去,说小敏冤枉她骂她,不上学了。刚好小慧的姑姑在镇上教学,就将小慧带到了镇上。

多年后,我们村那一级只出了一个大学生,就是小慧。她是从镇上学校直接考进县城重点中学的重点班,而我们,只是勉强考进普通中学的普通班。

又是多年过去，我跟小慧说起儿时让她蒙冤的橡皮，说起自己怕得罪琼不敢说真相的惭愧时，小慧笑了，说弯路有时也会成为最直的路。

一块可爱的橡皮。

鞋子就此诞生

◎薛业忠

人类原来是光着脚走路的,这是谁都知道的,但有一个人让人穿上了鞋子。

某个国王自认为自己的国家很强大,自己想干什么就干什么。这一天,国王去乡下玩耍,本来心情很不错的,但是乡下的路实在太难走了,还有一些荆棘把国王的脚扎破了。国王非常生气,叫来宰相,说:"我们这么强大的国家,难道就不能把所有的路都铺上东西吗?比如有的路可以铺上牛皮,有的路可以铺上锦缎,有些路哪怕铺上一些粗布也好走一些呀!你这个宰相呀,要多替我办一些实事,不要只是在我的面前做一些面子上的事情。"

宰相听了国王的话,哪敢怠慢呀,赶紧运筹国王交代的事情。可是一算账,不得了了。要是把全国所有的路都铺上牛皮或锦缎或粗布,那要多少牛皮和锦缎呀?即使全部铺上粗布,也不是一个小数目,而且花费的金钱更是难以计算。这是根本做不到的事情呀!宰相很忧愁,只能待在家里唉声叹气,茶饭不思。

宰相的一个家仆看到宰相的愁眉苦脸相,就和宰相说:"大人呀,这问题很好解决呀,您何必忧愁呢?明天您上朝把我带上，让我给您解决这个难题吧！"

宰相也是有病乱投医，第二天真的把这个家仆带到朝堂上。面对这个棘手的问题，这个家仆大声地说："大王呀，何必要把每一条路都铺上牛皮或锦缎或粗布呢？杀那么多牛不划算，用那么多锦缎也可惜，农民穿个粗布衣服也不容易。我有一个好主意，只要用一小块牛皮就可以了，让裁缝按照大王的脚的样子，给贵脚做个套子包住不就行了吗？这样您走在路上就不会伤到脚了。"

国王听了宰相家仆的话，觉得这个主意好。立即找来裁缝，给自己制作了两只脚套子。穿上脚套子的国王，感到特别惬意。于是一传十、十传百，人们纷纷仿效国王，都在自己的脚上套上脚套子。这样，布鞋、皮鞋、棉鞋等各种样式的鞋子就逐渐地诞生了。

其实，改变这个世界就这么简单。也许不经意的一个想法，就使某种新生事物诞生了。

奋不顾身的雨

◎包利民

我曾经问楚依依:"怎么在那么好的年华里,一下子去了偏远地区支教?"她却笑,仿佛那只是一场旅行,虽然要有三年那么久,在她眼里却只如三个星期般,似乎一眼就能看到尽头。

也会猜想,这个楚依依可能是在校园里受了什么情感上的挫折,用现在年轻人的话讲,是想找个天涯一般的地方,无牵无绊地疗伤。我这样说的时候,她都会飞起大大的白眼,就像是我亵渎了那种神圣的梦想。后来,被我问得烦了,她就反问我:"你见过西部下的雨吗?"

那样的雨我真的见过。那是在宁夏的时候,虽然一年也难得一两场像样的雨,却真的让我赶上过一次。而且那次有些接近暴雨的程度,那些雨滴争先恐后地落在半沙漠化的大地上,激起无数尘埃。雨来得急去得也快,太阳还是那么明晃晃,只一会儿工夫,大地上便再也没有了雨的印迹。仿佛那么大的一场雨根本没有来过,这就是大西北的雨。

楚依依笑着说:"有时候,人啊,就该像那些西部的雨,要奋不顾身一些!"

我也笑:"说得跟奔赴战场一样,你就是那一滴雨,奋不顾身地扑到那片土地上了。可是雨和人还是不一样，人可以自由选择去哪里，可雨哪有选择在哪里下的自由呢？"

楚侬侬听了我的这番话，只是用白眼反驳了一下。说这些的时候，楚侬侬的三年支教时间还未满。每次在网上聊天，我们都要习惯性地辩论些东西，也不管有没有意义，如果她辩论失败，就会白眼飞来。谈起在那边的生活，她发送过来的文字里都带着眉飞色舞的感觉。她说在那如天涯一般的地方，有着难得的安静，不管工作还是生活，或者看书、散步，心里都极从容恬淡。日子很慢很长，许多事都可以随心而做，简简单单，她非常留恋那种状态和感觉。

有时候也会想，人和雨到底区别在哪里呢？只是雨不能选择落在哪里，人却可以随意而去？如果那样，雨便不是奋不顾身，而是身不由己。那么人呢？真的是自由，还是随波逐流？想想自己这些年的经历，也总会有着身不由己的感叹。

便会想到，楚侬侬奋不顾身地去了西部边疆支教，让她身不由己的理由到底是什么呢？在我第N次追问之后，她也是第N次郑重地说："这是我梦想的生活，是真的，并不是你脑袋里那种庸俗的理由！"

她在那里也曾哭过几次，我问她是不是想家想朋友了，她说想是会想的，不过不会到达哭的程度。让她流泪的，是那种很朴素的感动，就像是童年时最朴素的快乐和满足。然后她挑衅似的问我："你能了解那种感受吗？"

我不屑地回她:"无非是那些学生带给你的很朴实的感动,或者是淳朴的热情焐暖了你的心灵。"

楚依依似乎愣了一下,好像惊讶于我的猜测:"算你聪明!"

"怎么能说算呢?我原来也曾在偏远地方教过一个月的书的!"我这样地分辩。她给我讲了一些在那里发生的事,多是很平凡的美好,直入人心的那种,确实可以让人不知不觉地流泪。回想起自己在山区里当代课老师的那一个月,多少感动,多少留恋,便也理解了楚依依的眼泪。

三年过去了,楚依依没有回来。虽然家里这边的教育部门根据她三年支边支教的经历,给她安排了很好的岗位,可是她却恋上了那里,真心地爱上了,有了归属感,再也不想离开。她告诉我这个消息时,我就觉得当初的那一滴雨,真的已经融入了那片土地,再不可分割。

她和我说:"你当时说,人和雨不一样,人可以自由选择落处,不像雨是被动的。其实,我想明白了,人其实就是一滴自由的雨,你能理解吗?"

看她在考我,我就发过去这样的一段话:"当然理解了。许多人就像雨一样,并没有自由,而是随着许多不情愿的想法或者说是欲望落进了并不想去的地方。人更应该是一滴自由的雨,勇敢地落进梦想里,不管那个所在是多么荒凉,而不是落进斑斓的欲望里!"

想想看,的确是这样,有时候我们觉得自己是自由的,其实内心却一直被某些东西束缚着困囿着羁绊着,没有那种奋不顾身的精神,就不可能去滋润一方梦想。

楚依依发来很赞的表情:"舅舅,我得承认一件事情,当初你猜对了,毕业的时候确实是感情上受了些挫折,也确实是为了找个地方疗伤。不过那都不是主要的原因,只能算是一个意外的动力,算不上是被迫,因为,我内心里的梦想,真的在那天涯一般的地方啊!"

我隔着遥远的空间欣慰着,这个当年的小丫头,真的找到了梦想的土壤,并生根成长。微笑着看向窗外,无数雨滴奋不顾身地扑落下来,那一刻,我听到了许多梦想发芽的声音。

头上草

◎张金刚

雕花梳子抚过女儿的黑发,将它扎成一束马尾,我顺嘴给她出了个谜语破了个闷儿:"高高山上长堆草,密密麻麻长得好。一年四季勤修剪,黑的变白再变少。"女儿笑答:"小看我,头发嘛!"猛回头,发梢滑过我的脸,柔柔的、滑滑的,真是喜欢!

女儿让我蹲下,划拉我头上的"草",如发现新大陆一般说:"找到好几根白头发,原来长这样呀!你这'草'好像比我的少哟!"哪是好像,本来就是,但也不知何时白了,稀了。不由学着李白感叹:"不知明镜里,何处得秋霜。"女儿不懂,甩着马尾跑了。我下意识地用五指捋过我的"草",竟掉了两根。瞅着,心里不由黯然。

草,割了一茬又一茬,起初越割越盛,可当土地瘠薄,养分尽失,草也便变黄、变枯、变少,直至消失,恰似头发。故而,我乐用"头上草"称呼"头发",调侃、俏皮,却又透着"人生一世,草木一秋"的无奈与豁然。

小时候,我常在母亲坐下休息时给她缯满头的小辫儿。可忘了何时,母亲开始躲我、轰我,不让碰她的头发。有次放学早,回家便看到新奇又心酸的一幕：父亲戴着塑料手套，端着一盘黑糊糊，用牙刷一绺一绺翻腾着母亲的头发刷了又刷。父亲很不自然地说："你娘头发白了，染染。"知道这个秘密后，我不再碰母亲的头发，看到被染发剂伤得黑中泛黄泛红的头发，心就难受。

母亲对头发不再在意，任由它彻底变白，貌似是在我这个她的老儿子也娶妻生子之后。她说："人老了就是老了，头发白了就是白了，随它去吧。"如今，守在老屋的母亲顶着一头白发进进出出，倒让我心生温暖：我已渐老，母亲还在，真好！

坐在父母身边，父亲对母亲说："你看老三这头发多好，油黑油黑的。"我冲二老一笑："你们的老花眼哪能看到我冒出的白头发。"饭桌上，母亲一头白发，父亲一头稀发，我一头黑发，凑到一起大笑起来。墙上的老相框里，头发乌黑浓密的父亲、编着麻花长辫的母亲，一直面露他俩结婚时的喜悦笑容瞧着这个家，瞧了五十多年。

说与妻听，妻说："谁也逃不过，我也开始掉发了。"可不！每次拖地都要为了她那些落发扫了又扫，擦了又擦，捡了又捡，累到直不起腰。想当年，妻几次说要剪成短发，我都大加阻拦。后来，剪是没剪，她却悄悄焗过淡黄色，烫过波浪卷，我都不以为然，悄悄告诉她："就喜欢你那一头乌黑亮丽、柔顺飘逸的长发。"她嘿嘿一乐，没再动过头发的心思。

我的短发每月必理，且锁定一家老店。理发师从老高换成小高，我已理了二十年。小高边理边说："你头发也稀喽！"我打趣他："你已脱成光头了！"我坐等理发的空当，特别爱看别人的"头上草"。有被人摁住、哇哇大哭的黄毛小子，有发型奇怪、染成彩色的时尚青年，有简单朴素、从不挑剔的中年老年……瞅着来往顾客的"头上草"，仿若看过了人的一生。

　　头上草，长在头上，也长在心里，最能反映情绪。头发凌乱，心绪便也凌乱；头发精神，人也跟着精神。"当窗理云鬓，对镜贴花黄"，鬓发盛美如云，心头何其欢悦。"白发三千丈，缘愁似个长"，愁到白了头，白了头更愁，白发总是伴愁苦。时至中年，我常在梦中惊醒，梦到"一夜白头"或"聪灵绝顶"，摸摸头，还好，"草"还在。

　　一日清理橱柜，翻出了十四年前女儿出生时珍藏的一小布包胎发，郑重其事地交与女儿保管，希望当她有朝一日青丝变白雪之时，能手握这胎发想起已经消失的父母，想起艰难走过的岁月。

含 羞 草

◎肖 静

楼前零星散落着几株含羞草,长得很是茁壮,却也随意,随意到很久我都没有注意到它们。同事诧异我竟然不知道含羞草的存在,特意带着我去找寻,来至近前后恍然:好多年不见,你怎还是含羞带怯,我却已然"一蓑烟雨任平生"!

和含羞草初见时,我还是黄毛丫头。那时候家家户户都住在一排排砖瓦平房里,每家都有一个不小的院子,可以搭盖鸡舍,还能砌一圈花坛,里面是舍得扎根于大地的月季花和美人蕉。花坛上摆满了盆栽的绿植,有仙人掌、吊兰、指甲花。

一盆小小的含羞草被母亲搁置在靠着鸡舍的墙角处,明明长得绿油油、朝气蓬勃,却偏偏弱不禁风、瘦小枝细的样子。因为母亲将家中的小小花园打理得花儿常开、叶儿常绿,孩提时代的玩伴经常来家里,要么剪上几枝月季花回家插瓶,要么嚼碎几片指甲花敷在指甲上染色,每次都会逗弄一下含羞草,看叶子羞涩地合起来。有时候一小枝不过瘾,还非要将整株含羞草的叶子都扫荡一番,直到含羞草看上去像没有长叶子只有细细的小叶柄一样。

那时候,黄毛丫头的我生怕逗弄含羞草次数多了会掉头发,生怕大人们说的"预言"会成真。就这样,那盆含羞草被搁置在角落里很多年,直到我们搬到楼房。那些曾经陪伴我年少时光的花花草草留在了那片土地上,它们用自己的养分滋润着我毕生难忘的那段时光,也包括那盆窝在角落一度被我遗忘的含羞草。

不再是黄毛丫头的我蹲在矮小的含羞草前,恍如多年前忐忑的我,生怕会因为逗弄了含羞草而掉光心爱的头发。记忆中的含羞草好似也长大了不少,难怪每天从它面前走过都未曾认出。它叶片绿得泛着黝黑,周遭的杂草高高低低地遮盖在它的上方,它将自己隐藏起来,恐是在害怕年少的我出现吧!

伸出手,我触摸叶片,它慢慢悠悠合拢叶片的样子像是垂垂老矣之人,难不成我在长大的同时,含羞草也在长大?含羞草之所以会含羞闭拢叶片,是因为它有一个神秘的构造叫作叶枕,叶枕对刺激的反应很是敏感,一旦有东西碰到叶子,刺激就会立即传到这片叶子基部的叶枕,引起两片小叶片闭合起来。触动力大时,不仅会传到小叶的叶枕,而且很快会传到叶柄基部的叶枕,整个叶柄就下垂了。据说有人做过研究,含羞草在受到刺激后的0.088秒内,叶子就会闭合,恢复的时间一般为5到10分钟。但是,如果继续逗弄,接连不断地刺激它的叶片,它就会产生"厌烦"之感,不再产生任何反应。

含羞草老家在热带南美洲的巴西,那里常有大风大雨,每当第一滴雨打着叶子时,它就立即将叶片合拢,叶柄下垂,以躲避狂风暴雨对它的伤害。在自然界优胜劣汰的规则之下,如果无法使自己更强大,那么就要让自己适应外界的敲打。如果有动物想要品尝它,合拢的叶片就像握紧的拳头,随时等待出击,张开又闭合的叶片明明是在昭告对方自己的胃还空着,不介意将对方当作食物一饱口福。

我一直未曾喜欢过含羞草,却在年老蹒跚的这株小草面前,看到了一别经年间世事的变迁。在风雨欲来时收敛锋芒,将自己最脆弱最娇嫩的部分严密包裹,任风雨将身体摇来晃去、锤打踢踹,只要能够挺过这场风雨,下一次考验到来之时,仍然有能力再次保护自己。因为含羞草知道,只有找到适应自然界的方法,才能不被淘汰抛弃。

蒲公英高高直直地站在不远处看着我,前几天我还被它粉嫩的花朵吸引,迎着清晨的朝阳将它蓬勃的样子留在手机里。这次再见,竟然发现花朵成了白头翁,迫不及待等着我将它吹向高高的空中,放它天南地北飘荡玩耍,直到累了之后或是安家或是成泥成尘。

而含羞草,只是静静地守在原地,不为风雨所动,不怕雷电击打,只在恰当的时候收敛锋芒,保全自己。仅仅为了在无人打扰时,自己能够安静地、悄悄地美丽而已。

叶片慢慢展开,它看到我依然还在,知道我是老朋友,并没有赶我走,而是邀我一起欣赏它静悄悄的美丽,一如未曾相见的这些年里,我在静静地欣赏自己的美丽。

转天再次去欣赏美丽时,我发现高低杂乱的野草消失不见了，就连那株骄傲的蒲公英也不知去了哪里，独独留下了含羞草，貌似低矮又卑微的存在。却不知道，这就是含羞草的智慧，收敛锋芒，以待独自欣赏。

我就是那株含羞草，无害且羞涩，却，暗自美丽。

灰尘微小我亦微小
◎孙君飞

空气中的灰尘多么微小,时常借助丝缕般的光才可以洞见。它们在光中升潜、嬉戏、飞舞,又快速地奔逸出我的视线。它们面容模糊,难以区分,却轻盈而喜悦,顺应空气的流动,静谧忘我,无忧无碍。不知道它们已飘动了多久,也不知道下一刻是被树叶挽留,还是被风雨裹挟到另一个地方,但它们并不会增加重量,而是比精灵更自由。双手伸向灰尘,既无法牵制,也无法攫取,它们在安静地歌唱,犹如在金色梦境中快乐地滑行,画出曼妙无痕的曲线,飞向谜样的所在。

我喜欢一个人呆呆地观看灰尘,喜欢它们的微小,微小到不需要任何的辨认和惦记,微小到任何丝缕轻风都能够将其提携起来,无翼而能飞扬,顺行或者逆行,都没有障碍。正因为微小,灰尘才舍弃了所有的重负,包括忧虑、悲伤和隐秘的欲求,既从高处舍弃,也向低处舍弃,它们甚至不需要潮润善意的安慰。它们快乐而不出声,它们自由而不妄求,既然没有超凡的益处,就更不该多制造种种害处。它们也许曾经是沙是土是种种碎屑,然而它们一个个都忘记了前身过往,只要此刻的轻捷和快乐。它们微小,所以不相认、不纠缠、不争夺,看你是我,我想我也定是你,可以在同一个空间里飞,却无须在同一个空间里悲。

灰尘必然微小,微小对灰尘是完全合适的。微小是种勇敢彻底的舍弃,舍弃至赤裸纯粹,没有任何的装饰和框架。灰尘无遮无拦,天真至无邪,既无须锦上添花,也无须金科玉律匡正其错谬。它们不是在跳伞,其本身就是世界上最微小的伞。它们不是在追求什么,而是在舍弃中只留下一颗心,只愿意感觉到风、光、快乐和自己的心。灰尘有赤子之心,如蚂蚁那样微小的生命同样有赤子之心。它们甚至都不需要我的喜爱,只需要我的悲悯。因为悲悯,我才能够甘愿成为微小,以微小见识微小,以微小相怜微小。

微小称不上脆弱,它有可能是种难得的恰如其分。它更谈不上自卑,自卑是一再地降格以求,刻意地打碎和混乱自己。灰尘成为灰尘以后,它们永远快乐而无欲无求地成为自己,它们应该比岩石更清楚大山的存在,却始终坚定不移,永为灰尘。蚂蚁也是这样,种子也是这样,所有微小的生命和物体都是这样。因而我喜欢微小这个词,而不喜欢卑微这个词,微小只是个简单的描述,而卑微就复杂多了。微小不需要任何的添加和粉饰,同样不需要任何的消减和曲解,它是完整的个体,它自我满足。它本身就是关乎尊严的存在,却无过多的自尊心,更无无中生有的虚荣心,因此灰尘也是玲珑剔透的,蚂蚁也是天真有力的,种子也是坚强伟大的。

当我很介意别人说我命如草芥时,我必然是脆弱的,因为我要暗暗地消耗一部分力量来膨胀和吹起自己，我要拿一部分尊严和生命来交换翅膀、盔甲和面具。我害怕沦落为无知小孩、搞笑小丑，甚至害怕变异为低等植物，可是我真的很微小啊，在大山面前是微小的，在宇宙中更是微小的，微小是我的本质，也是我的幸运和自在。我独自躺在微小里，我就是微小，微小带着我呼吸、行走、活动和感受，我在微小里适得其所时，就是幸福快乐的。过去我用脆弱的右手把自己改写得大大的，然而风很快把纸张吹走了，雨也把字迹淋得没有了横竖，但微小仍在我的身上，我所走的其实仍是条草芥的路，反倒自己使自己荒芜和贫弱了。现在我已经想通了，就要放自己走，走向微小的灰尘，也走向真实长久的光。患得患失里没有快乐，当归于微小，我终于明白，有些得到我配不上，有些失去我也配不上，不如把患得患失的负重都努力舍去，只留一颗微小的心迎接光，迎接亦旧亦新的世界。

　　我能比灰尘还微小吗？我能比蚂蚁还微小吗？适合自己的微小，就会有圆满，在茫茫大地上行走，留下或者不留脚印，都是美的。即便人世很苦，酿出自己微小的甜，也是跟生命世界相爱着，是比梦想当孤独巨人还要幸福的。从种子那里，我懂得自然在微小处最伟大——我向这种伟大致敬，然后谦卑地做微小的自己，用心过完自己平凡普通的一生。

　　诗人告诉我，那最普通、最平凡、最微小的就是你，但在这个世界上，只有自己才能够做自己的宝贝，你像一捧土那样被放在瓦罐里，你恰恰应该为此骄傲，只因为你适得其所。

这样的话让我感动，也让我感到真实和幸福。

微小也是值得的。

风定落花深

◎张培胜

偶然读到李清照的词:"风定落花深,帘外拥红堆雪。"不免心里涌起说不出缘由的细微感动。感动什么?我问自己,是风的无情,还是落花满径的伤怀?是帘外拥红堆雪的景致诱人?进而推衍开来,感伤春的离去?我摇头,随后,我又点头,心绪徘徊于心底最柔软的部分,我要出去走走,问问风,亲吻落花,再呼唤春的使者。

信步郊野,沉寂的心一下子宽阔起来,四下没人,仿佛整个天,整个地,都是只属于我自己的。可是,我不能这么自私,天与地属于我?我开始自嘲,自嘲我的无知、我的无畏。其实,人,也只是大地上行走的植物,卑微,渺小,顶着风,冒着雨,从绿叶盖地葱郁覆云,到寂寥花落枝叶疏影,喜与悲,忧与愁,期与盼,四季轮回,年年月月,编织成刻骨铭心的岁月痕迹。扼腕叹息,仰天长啸,豪迈隽永,静默淡然,这,只不过是一个人对岁月、对经历的感怀。

人,注定是人,有情感的宣泄,有驰骋的想象,有无尽的追求,自然,喜怒哀乐常伴。有人说,不如意的事,总有十之八九。于是,他们心底的痛,常常与己相伴,看天不再蓝,看水不再清。幽怨苍天无情，喟叹命运不济。可我不这样想。凝望落花，花，也曾芳华过，也曾耀眼过，可时光向前，风儿无情，它最终还是成为小径上的落花，但这有什么遗憾的呢，这不正是生命的轮回，生命如常的历程吗？我，沉思片刻，似乎醍醐灌顶，如佛教经论给我的智慧开了窍，是六祖"本来无一物，何处惹尘埃"的淡然，还是"留得青山在，不怕没柴烧"的明智？我想，两者都有。

千里之外的故乡，一位风烛残年的王奶奶，我与她无亲无故，但我尊她为奶奶，是我打小就这样称呼的，她在我心里永远是一位慈祥的奶奶。她如今八十高龄了，一个人生活，过着平淡的日子。年轻时的她，貌美如花，可生活并没有给她花一样的日子。她婚后五年，丈夫去世，她含辛茹苦，扶养着她唯一的儿子，送儿子读书。儿子争气，考上重点大学。她也满足，时常对人说："儿子幸福，我就开心，辛苦点儿没啥。"这是普天下母亲最真诚的想法。儿子毕业了，成了一名大学老师，对王奶奶来说，幸福总算触手可及了，可一件不幸的事，却打破了王奶奶生活的宁静。王奶奶的儿子，为了救一名落水的学生，失去了生命。那些日子里，王奶奶的头发全白了，满脸的皱纹密密地诉说着苍凉，有人说，王奶奶这次能挺过这一关吗？但一个月后，王奶奶笑着出现在众人面前。

一个人的日子，生活的苦可想而知，可她总是笑着说："我还行。"让人惊讶的是，她还力所能及地帮助其他孤苦的老人，用微弱的生命之躯,支撑起爱的力量。王奶奶在广场上扭起了秧歌,跳起了舞蹈。她像一只永不疲惫的黑蝴蝶,翩翩于自然间,有着孩子般的笑容,乐观向上,这是她生命的常态。转眼一想,不对呀,是她经历的沧桑巨变,承受过的生命的绝情,让她如凤凰涅槃一般,宽宥了命运的无情,淡泊超然。她努力挣脱了一切悲伤的羁绊,在平常的时光里,在细小的行动里,找到了快乐的乐园,那是人性精魂的闪耀,更是亘古不变的至真至纯的情怀。怀特说,生活的主题是,面对复杂,保持欢喜。红尘阡陌中,我们欠缺的,或许就是这样一颗欢喜的心。

  回过头来看,李清照的一生也是坎坷,多年的背井离乡,她那颗已经残碎的心,又因她的改嫁问题遭到士大夫阶层的污诟渲染,而受到了更严重的残害。但她的敏感之心与对美好事物的关注之情,依然表现得淋漓尽致,给后人,给中华词坛留下了辉煌的篇章。

  如此看来,纵然世事沧桑,但只要我们犹有乐心,"风定落花深,帘外拥红堆雪",也可不再伤春感怀,风已住,落花满径,帘外拥红堆雪,也是美好的景致!相信上帝也在祝福,这是属于王奶奶的景致,是属于王奶奶的快乐和怡然。

关一盏灯

◎吴凌辰

离家在外久了，回家就是幸福。与熟悉的饭菜久别重逢，饭后陪父母看看电视，即便是看自己最不喜欢的地方台新闻，也觉得蛮有意思的。

晚上夜深人静的时候，父母睡着了，而房间里的灯还亮着。我蹑手蹑脚地进屋，生怕一不小心发出什么声音惊扰到他们。这时候觉得父母像孩子一样，连灯都不关就睡着了。被子上盖着一本摊开的书，母亲的手露在被子外面，鼻梁上还歪斜地架着眼镜。我轻轻地拿走书本，给母亲盖好被子，再试探着取下母亲的眼镜。做完这些，慢慢地按动开关，让开关发出的声音微弱一些，再微弱一些。但关灯时还是发出了一点儿声音，"啪——"，在安静的夜里，这闷闷的一声被拖得悠长。我又关掉母亲床边的那盏灯，才踮着脚尖慢慢挪出房间。

房间里暗了下来，能感觉到母亲稍稍动了动，但还好未被扰醒，父亲则在一旁打着鼾睡得正熟。不知什么时候起，每天最喜在这个时候做这一件事。在睡前关掉父母床前这一盏灯的同时，记忆中有些往事便如潮水般涌来，将我包裹住。以前上学念书的时候，我常常在灯下复习功课到深夜，困倦到总是开着灯就睡着了。父母会在这时悄悄推门进来，为我脱去鞋子，让我以更舒适的姿势进入梦乡，再关掉那盏台灯。早上起床的时候，父母什么也不会说。为我关掉夜晚的那盏灯似乎成了一种默契，无须言说。我曾在半夜醒来，昏昏沉沉间瞥见母亲小心翼翼却有些笨拙的样子。

　　灯关掉了，房间一片漆黑。"嘭"的一声，撞击声尖锐地划破了夜晚宁静的帷幕，也撞击着我的心。母亲的膝盖撞到了柜子。我的心里一紧。我听到母亲吸了口凉气，似乎是强忍住腿上的疼痛不叫出声来。我半眯着眼睛，能够感受到母亲的目光，其实无须睁眼，母亲脸上的愧疚和抱歉我光靠想象都能想象得出来。我很想坐起身来扶住母亲，关心地问母亲痛不痛，但我强忍着紧紧闭住眼睛，身下的床单被我抓得皱成一团。母亲见我一动也没有动，放心地松了一口气。老实说，撞击声在安静的夜里足以把熟睡的我吵醒，但我装睡装得很成功，直到母亲离开了我的房间。我不愿母亲为吵醒我而更加内疚，我突然觉得自己从来没有那么清醒过。

　　后来的很长一段时间，母亲都没有说起过腿上的伤痕，但我知道母亲那次撞得很严重。我一天天地看着母亲膝盖上那一大片淤青的颜色逐渐加深，变得发紫，再发黑，很久才慢慢褪色。这似乎是一个爱的印记，但我想，我不要母亲爱的印记，母亲的爱无须这样一个印记来证明，母亲的爱不会褪色，永远也不会。

　　而今我也扮演着关灯人的角色，无须言说，自有默契，成为父母睡眠的守护者。

　　为熟睡的父母关一盏灯便是幸福，无论何时，无论何地。

古梨树还有下一个春天

◎邓迎雪

那年我高考失败后,一个人回到了千里之外的河北老家。

那是一个非常安静的小村庄,山清水秀,河水潺潺,但优美的环境也无法让我摆脱寂寥忧伤的心境。我一遍又一遍地想:为什么结果会这样?为什么原本成绩不错的我,考了这么一个让人大跌眼镜的分数?!

我就这样陷在自责和绝望的牛角尖里,不能自拔,一任失败的痛苦啃噬我的心灵。

爷爷知道我的心事,每当我难过的时候,他就坐在离我不远的地方,默默地发呆,满是皱纹的脸上刻着忧愁。

有天,爷爷对我说:"妮,后山上有棵三百多岁的老梨树,我领你去看看吧。"

初见古梨树,我立即被它惊艳到了。

那是一株高大粗壮的老梨树,枝叶葳蕤,遮天蔽日,枝干犹如蛟龙,扭曲盘旋,遒劲有力,高高的树冠仿佛一座堆云积翠的山峰,把碧蓝的天遮盖得严严实实。我伸开双臂试着拥抱这棵古树,连它的一半也围不住。

爷爷说:"你看看这棵大树结了多少果子?"

我好奇地仰望满树苍翠，却失望地发现，浓密的枝叶间很少有梨子的身影，仔细寻，才在叶间找着了几只拳头大小的青梨。这和它苍劲的长势相差十万八千里。

"怎么才结这几个梨子？"我很纳闷。

"今年是结得少，去年它最少结了有五千多斤果子。"爷爷说。

"这就是传说中的大年小年吧？"

爷爷解释说："也不算是大年小年吧。这棵树连着好几年，都结了好多果，每年摘过果后，村人都会补足料肥。今年春上开花也很繁盛，只是因为一场大风雨，几乎将花全部吹尽，于是就成了这样。"

"哦，原来古梨树也遇到了挫折。"

爷爷点点头说："对呀，老梨树和我们人一样也遇到了挫折，不过，它应该是非常坚韧的。想想这几百年间，它遇到的风雨该是数不胜数吧，如果遇到困难就垂头丧气，拒绝生长，它也不会成为这远近闻名的古梨树王。梨树今年不结果，并不要紧，因为它还有下一个春天呢。孩子，你也要这样啊，不要再想那个失败的果，往前看，你的春天还会有很多。"

爷爷的话，让我思索了好久。

那个夏天，我无数次地坐在老梨树的臂弯里静静地疗伤，山风吹过，阵阵清凉，看着老梨树那些零零星星的梨子，再想想它去年丰收的繁荣景象，内心的挫败和浮躁渐渐离我远去。我知道就像爷爷说的，再过一个春天，老梨树又会迎来一个精彩的丰收季节，而我，只要不放弃努力，在下一个春天到来的时候，我的掌心也应该有更多一些的收获。

毕竟人生不是只结这一次果，也不是只赛这一次。

我告别老家，离开爷爷的时候，已不再是那个哭哭啼啼、灰头土脸的女孩了，我的心里开始绽放出像阳光一样温暖的憧憬。

那年秋天，我以平静恬淡的心接受了自己的失败，去读了一所非常普通的大学。四年大学时光，我一直没有放弃提高自己，毕业后，我以优异的成绩被国内一家世界五百强企业录用。

那件事让我明白，当在生活里遭遇失败的时候，一定要鼓起勇气，重新出发，古梨树还有下一个春天，你也会有。

第三部分

一蓑烟雨入梦来

第二項 一等國與國人皆未

密密的针脚

◎赵宜辅

母亲愈发衰老了，习惯在脑后随意绾一个髻，花白的头发已失去了原先的光泽，干枯发黄。这些年地里家务的劳累，使得母亲患有腰椎间盘突出，走路时腰老伸不直，稍微负重，腰就疼得站不起来，可即便是这样，母亲还坚持种了一亩地的棉花。她说：女儿家的棉被该换新了。

我给母亲去过电话，说市场上的羽绒被真空棉被因其轻盈美观又不失暖和早已走入千家万户了，不愿意母亲再劳累。母亲坚持说棉被才更暖和贴心。

十年前，母亲也是这般，选了绒长一点儿的棉花请人加工成棉絮，买来崭新的被里、被面，她要为心爱的女儿缝制嫁妆。

秋日的午后，阳光透过窗棂倾泻进来，洒下一片暖。那时母亲尚且年轻，眼神好，眯着眼穿针引线，在右手中指戴上顶针后就开始纫针了。母亲动作娴熟，不时地把针在头发上擦一下，加点儿润滑，遇上厚的地方，针穿不过去，就把针尾在顶针上顶，母亲神情很专注，似乎在刺一幅精美的苏绣。我知道，她是在把那份浓浓的爱一针一线缝在这棉被上。

母亲做这些的时候，我除了默默看，什么也帮不上。索性将脸贴在棉被上,喜欢闻着棉花散出的那种淡淡的清香,还残留着阳光的味道,有一种暖意在心底蔓延开来。

静静的时光里流淌着岁月静好。

转眼间春去秋来,这期间烦琐的育苗、除草、打药直至棉花收获,不敢想象母亲是如何在地里劳作的。仿佛看见那些寒露沾衣的清晨,我那单薄的母亲围着自家做的蛇皮袋穿行在高出她许多的棉花垄里拾捡棉花,而露水悄没声息打湿了她的衣衫;仿佛看见母亲在堂屋里剥棉花,黑乎乎皲裂的指头掏开一朵朵的洁白。而做着这些,支撑她的只是一个信念,只是那份念念的牵挂。

待到缝制好了四床厚实的崭新棉被,母亲便要亲自给我送来。因为晕车只好坐了三轮车一路颠簸来到小城。我接过棉被的那刻,鼻子发酸,泪水忍不住就落下来。轻轻地抚摸着这些光滑的被面,抚摸着这些密密麻麻的针脚。这针脚里有我熟悉的气息,属于母亲的气息。

抬眼望见母亲,她正开心地笑着,眼角的皱褶堆积得更深了,这笑,是那般慈爱,是那般暖心暖肺。

母亲一边说我是傻丫头,一边替我拭擦泪水。她的手指关节粗大,粗糙得像失去了水分的树皮,却很轻柔,生怕弄疼我似的。我把头埋进母亲的胸前,母亲用双臂抱着我,就仿佛又回到了那些旧时光里,那些郁郁葱葱的日子里,开心了受委屈了也是这般依恋母亲的。而不管岁月的脚步走过多远,我知道,母亲始终是永远给我温暖的那个人,无论我飞多高,母亲的牵挂始终在。

有时候,大爱就是无言的,一如这密密的针脚。

阳光的味道

◎赵凤贞

母亲爱晒被子，尤其到了西风渐紧木叶缤纷时节，只要天气晴好，母亲必定会把家里所有被子都抱出来，一床一床摊开在晾衣绳上翻晒，白色的被里朝外，各色花样的被面被悄无声息地掩在里面。小时候我们姐弟几个喜欢在被子中间钻来钻去地躲猫猫，小弟则爱掀开被子探看里面的花样，然后拍着手大声叫着："这是我的！我的被子！"他这一声叫，惹得大家也纷纷钻进被里去找寻自己的被子。我和小妹的被面都是牡丹图案，两人往往拽着同一床棉被闹得不可开交。后来，母亲便在被角处做了标记，小妹的绣上三片叶子，我的则绣两片，按照家里的排行以示区别。再后来，不论被面的花色与薄厚，我们姐弟几个的被角处都绣上了片数不等的叶子。晚上，经过晾晒的棉被依旧蓬松温暖，我们各自拥着自己的棉被，闻着棉被上散发的阳光味道，觉睡得格外香甜。

母亲是极爱干净的人，我们的被褥也拆洗得勤。通常，母亲会在春末时分把全家人的薄被拿出来拆洗缝补，到了秋初则要把所有的厚被重新添棉缝制。这是母亲一个人的工程。记忆里，母亲总是很早就起床，把要拆洗的被子统统抱到院子里，一一摊晾开来，然后用剪刀飞快地挑开那些看起来匀实又整齐的针脚，左手顺带将被面一路扯下来，继而翻转被子，再如是操作，很快被里被面都被甩在一旁，晾衣绳上就只剩下一个完整的和被子一样大小的棉花被套了，它们需要好好地晒上一整天。母亲会在这一整天里完成所有的清洗晾晒工作。第二天吃完早饭，我们就会被母亲统统赶出门去，包括父亲，而后她会在难得独自清静的大炕上一层一层铺展开浆洗干净的洁白的被里、晒得蓬松柔软的被套，待把薄厚不均的地方用新弹的棉花细细填补均匀，再铺上或龙凤呈祥或富贵牡丹的被面，将四角抻得平平展展，方开始她俯下身去飞针走线的穿引之旅。至少也要三五日的时间才能完工吧，自然还是在母亲不耽误一日三餐以及所有家务的情况下。现在想起来，那时母亲总是一边忙着做饭，一边用手捶打着自己的腰，母亲腰椎的旧疾怕是在那时就落下了，而她早早把我们撵出门去，亦是怕那些飘飞的棉絮影响到我们的健康。

　　我们姐弟几个各自成家之后，母亲依然记挂着我们每一个家的被子状况。她总是在提醒谁家的被子该拆洗了，谁家的被子该重做了，她尤其担心我这个眼里只有学习和工作的人做不好被子，每次来都要帮我拆洗，然后再千针百线地缝上，方才安心。看着母亲年岁渐老，眼神也愈发不济，我再不肯让她为此操劳，便把家里的被子都换成商场买来的新被，还特意买了两床蚕丝被送给母亲，我告诉母亲这样的被子无须拆洗，要洗的话只洗被罩就可以了。那一晚，母亲摸着轻软的蚕丝被说："真是好东西啊。"可是半夜里,她却坐起来不肯睡觉,我问原因,母亲说:"这被子好是好,就是太轻了,总感觉没盖着东西,心里不踏实。"我忙又找出母亲常盖的棉被来,她才安然睡去。

母亲常说,被子是伴人最久的东西,一定要干净舒服才好。这一点我永远记得。例如此刻,我和女儿正把晒得蓬松柔软的棉被抱进屋里去,女儿把她的小脸紧贴在棉被上,深深嗅下去,一脸陶醉地说:"妈妈,我好喜欢这种味道,阳光的味道。"

我的眼里忽地泛出泪花来,有种蓦然回到小时候的错觉。那一刻,我的关于人生的种种武装全然消散,唯有母亲一针一线缝制的棉被包裹着我安然穿越每一个暗夜,直至温暖明亮处。

阳光的味道何尝不是母亲的味道。

不敢老的父亲

◎魏海冬

周末，我在沙发上看电视，忽然手机响了，是母亲打来的，在电话里她焦急地说："你爸犯病住院了！"

我坐在开往医院的车里，眼前闪现出一幅幅画面来。

父母结婚晚，父亲三十五岁才有的我，因此，他把我当作掌上明珠，倍加疼爱。

我渐渐懂事了。那时我们和爷爷奶奶一起生活，爷爷奶奶年纪大了，母亲身体又不大好，所以一大家子人，就父亲一个劳动力，父亲是家中最忙的人。农忙时，他不知疲倦地起早贪黑干活。农闲时，他编土篮子、编筐，挣钱养家。早上，他拿着镰刀上山，割下了一堆堆的槐树条，捆成捆，再把一大捆、一大捆的湿槐树条背回家中，父亲的背上布满一道道勒痕，像被人用皮鞭抽过一样红肿着。

过两天，父亲用镰刀把槐树条破成两半儿，然后就坐在院子里开始编土篮子。那些槐树条很听父亲的话，在他手里跳跃着，一两个钟头后父亲已编了三四个土篮子了，父亲就伸伸胳膊、直直腰，对我说："大闺女，帮爸捶捶背啊！"我用小手一下一下地捶着，说："爸，你就歇会儿吧！"父亲说："爸年轻，不累!"其实他当时都四十多岁了。

后来,我上了高中,每个月要交伙食费,那时家境并不好,母亲的身体也是每况愈下。五十多岁的父亲又开始卖糖葫芦,晚上他坐在灯下,抠山楂,穿山楂,一忙就是大半夜。我和母亲要帮忙,他总说我们笨手笨脚的,碍事。天不亮他就起床了,起来生火,熬糖,蘸糖葫芦。当第一缕晨曦刚照到窗棂上的时候,他就挎着筐出门了,顶着寒风,在大街小巷叫卖着。

那天,我去小卖店买东西,见父亲站在小卖店门口一声声喊着:"糖葫芦喽!糖葫芦喽!"和父亲年龄差不多的王叔走到父亲跟前,对他说:"老魏,还干呢?我是不干了,养老喽!"父亲说:"我这么年轻就在家待着?要养老,等过几年再说吧!"

看着父亲苍白的脸上皱纹如蚯蚓般纵横着,头发花白,弓着腰,身体瑟缩着,我虽然觉得父亲说的话很假,但心里却很难受。

高中毕业后,我考上了一所师范大学,学校在一座大城市,经济发达,物价也高,我每个月的花费很大。那时父亲又做了小买卖,他先去沈阳的食品厂批发饼干、面包等食品,回来后再骑着自行车一个村一个村地送货。

腊月里的一天,天还没亮父亲就骑着自行车去沈阳进货去了。父亲走了,母亲就起来坐着,和我说:"天这么冷,你爸这么早就走了,还不得冻坏了!"我安慰母亲说:"我爸都习惯了,没事的。"晚上都七点多了,父亲也没回来,我和母亲就出去接。夜幕沉沉,路上的雪已被碾压成厚厚的饼,柴火垛上、房子上的白雪还依稀可见，寒风凛冽，路上几乎没有行人，只有汽车闪着白亮亮的寒光呼啸而过，我们在路边站一会儿，就冻得直哆嗦，就回屋暖和一会儿再出来接。都快八点了，父亲才回来，他脸上冻起了两个大紫泡，黑红黑红的，我的泪差点儿流了下来。我说："爸，你以后别这么辛苦了，我节省点儿，少花点儿钱。"他说："爸年轻，吃这点儿苦算个啥！"看他脸上的肉松松垮垮的，像要掉下来似的，背驼得像张弓一样，就是个小老头了，我心里酸酸的。

大学毕业后，我留在城里教书，也谈了男朋友。我对象的老家是山区的，家里孩子多。我们处了一年多了，因买房还差些资金，所以婚事就拖延了。我上学已经花了家里很多钱，所以不好再向父母张口。

为了买房，我除了每天上班，还做了两份家教，每天十点多钟才回来，还要备课，经常是忙到深夜，几乎都是十二点左右才睡觉，也没有休息日，好久没有回家。

一天，父亲来看我，问我："脸色怎么这么差？"我开始还搪塞，后来在他的再三追问下，我就如实地说了，父亲说："快把家教辞了！有爸呢，你什么都不用怕！"

周末回家，我屋里屋外地找父亲，也没看见他，母亲说："你爸从你那儿回来后就租了辆车，开出租车去了，夜班，明天早上能回来。"早上我刚起来，父亲回来了，他一脸的疲倦，岁月已洗白了他的头发，人也瘦了很多，像棵失去了水分的枯树。

我对他说:"爸,你都这么大岁数了,悠着点儿开,别累着!"他说:"我才六十多岁还算大呀?人家穆桂英七十岁还挂帅呢!我这么年轻就在家待着,还不待出病来呀!"我也就没多阻拦。

我心里一阵酸楚,父亲这辈子就没有清闲过,我小时候,他为家而操劳,我逐渐长大了,他为我而奔波劳碌。如今,父亲像一头老黄牛使尽了最后一口力气,终于倒下了。

我来到病房门口,门半开着,就听父亲对母亲说:"我一直不敢老,怕我老了,孩子就没有父亲帮,没有父亲疼了,可是现在,我还是老了。这一年,我开车挣了点儿钱,都在这折里,等孩子来了,你给她拿去吧!"我心头一震,推门进去,父亲躺在病床上,身躯被岁月打磨得像一片瘦小的叶子,眼深陷,颧骨凸出。父亲见我来了,让我坐下,努力张大干瘪的嘴,做好了展示年轻的准备,但最终,却用极低的声音说:"爸老了,再不能帮你了。"我紧紧地抱住了父亲,噙着泪说:"爸!你别说了……"

我这才彻底明白,父亲一直用语言和行动激励自己保持年轻状态,是怕自己老去,因为我还小,父亲不敢老,他要陪我走更远的路,为我护航。

天下的父母,在儿女们面前,都不敢老,因为牵挂是一种动力,爱是一种源泉。

隔着一部电影的距离

◎曹春雷

电影院要放一部怀旧的电影——《地雷战》,他想带父亲去看。

父亲每日里除了买菜以外,很少下楼。他曾带父亲去公园,试着让父亲融进那里的老头老太太的群体里,但父亲浓重的地方口音,别人很难听懂。后来,父亲不愿去公园了,没事时总是喜欢一个人待在家里,站在阳台上往北望。他知道,父亲在张望老家的方向。他是把父亲从乡下硬拽来的,父亲不愿来,但是不会做饭,怎么能照顾好自己呢?

父亲听说要看电影,很高兴,早早做了饭。父子俩一起吃了,一前一后下了楼。到电影院不远,要过两个红绿灯,他决定和父亲走着去。父亲走得很慢。他不时停住,等一下父亲。

这让他想起小时候的一天,邻村要放电影——也是这部《地雷战》,他三两口吃完晚饭,一个劲催促着父亲,母亲就数落他说:"你爹耕了一天的地,哪有闲劲和你去看电影啊。"但父亲说:"我不累。"于是,父子俩披了月色,去邻村。他走在前面,连蹦带跳,不时回头喊:"爹,快走啊,电影这就开始了。"爹"哎哎"地应着,紧走两步,很快就把他落在后面了。

那时的父亲走路生风，走一步，他得跑两三步才能勉强跟得上。现在，在城市的水泥路上，父亲的步子迈得谨慎而又迟疑。

小时的父亲多强壮啊，铁塔一样，看到他走累了，就把他扛在肩上。他骑在父亲的肩头上，看着天上的月亮格外大，星星分外亮，便乐得咯咯笑。这笑声把路边麦地里藏着的野鸡惊飞了，扑棱起翅膀，驮着一身月色，落在远处。

现在，父亲是扛不起他来了，岁月已经压弯了他本来挺拔的身体，走路再也带不起风来了。他几次停住，想搀一下父亲，但最终还是没有。自从读初中以后，他和父亲再也不像以前那样亲昵了，有了距离。这距离，也许就是成长的代价吧。

终于到了电影院。观众很少，都是老年人，两两相伴，或是一个人来看。只有他是陪着父亲来的年轻人。找好座位坐下。电影很快就开始了。父亲聚精会神地看，不时歪过身来，对他小声说一句即将上演的情节——他不住地点着头，就像自己第一次看似的。小时候，他看着看着，就会追着问父亲电影里的人和事后来怎么样了。

电影还在演着。但父亲慢慢打起了瞌睡，垂着头，一点一点地，后来歪靠在他的肩膀上，睡着了。他不敢动。怕一动就会惊醒了父亲。就让父亲靠着自己的肩膀，多睡一会儿吧。小时候，他也是这样，看着看着，就睡着了，醒来后，发现自己躺在父亲怀里。

在父亲微微的鼾声里，他发现自己与父亲之间，其实很近很近，只是隔着一部电影的距离，而已。

睡在噪音里的母亲

◎牧徐徐

母亲是一个特别爱静的人,尤其是在睡觉时,不能受到一点儿声响的打搅,否则就易失眠。

以前,母亲一直住在乡下老家,村子里的白天夜晚都特别安宁,因此她习惯了在这样的环境里入睡。我很小时便知道母亲喜欢清净,所以,不敢在她睡觉时发出喧哗声,更不敢轻易去打搅她。

母亲睡觉时爱静的这一特性,保持了很多年,直到来到我这儿。

我的新房正好位于城市两条主干道的交叉口,一天到晚都是车流不断,喧嚣不已,晚上的光污染也很重,窗外的灯光亮得如同白昼。

我知道这样吵闹的环境,母亲自然是受不了,于是便事先给她卧室窗户安了加厚的双层隔音玻璃,还挂上了一层厚厚的隔光窗帘。我想,这样便能有效地阻隔掉外面的噪音和灯光,让母亲睡得安稳些。

但母亲晚上睡觉时却不愿意关窗户和拉窗帘,理由是:"窗户关起来,一点儿风都进不来,太闷了。"

夏天来临时，晚上卧室里热得很，可母亲却不愿意开空调，说空调吹出来的冷气让她不舒服。其实，她是觉得开空调费电，勤俭、朴素是她多年的习惯。

"不开会热坏您身体的！"我坚持让她开。

"哪有这么娇贵，我在老家过了几十个三伏天，也从没用过空调呀！"母亲反驳。"可城里比老家热呀，左右邻居都开，他们的空调外机会将热量全都排到我们家了。"我摆开事实，想让母亲清楚这个道理。

可母亲到底还是坚持不开空调，再热的夜晚，她也只是拿着那把从老家带来的蒲扇，给自己扇些风来，她说："扇累了，困乏了，自然就能睡着，睡着也就不知道热了。"

一天晚上，我走到母亲的卧室边，一打开门便是一股热浪，让刚从空调房里出来的我十分不舒服，但我发现母亲居然睡着了，睡在很大的噪音和一股股热浪之中。从窗外射进来的灯光毫不留情地打在她瘦弱、单薄而又苍老的身上。我有一种想流泪的冲动，母亲那么一个睡觉爱静的人，居然改变了一辈子的特性，变得不在乎喧嚣，不在乎嘈杂，不在乎黑不下来的夜晚，更不在乎扑面而来的闷热，就这么慢慢地睡熟了……母亲，她是真累、真乏了。

我想，母亲肯定向往乡下老家的宁静，渴望回到那个没有喧嚣车流、没有刺眼灯光的乡下，过安安静静的晚年生活。但她却从未开口提起想回去的话题，母亲是明事理的人，她深知，自己来这里是有任务要完成的。她的到来和不离开，能极大地帮托儿子一把，让辛劳一天的儿子不必自己动手做饭，一回来就能吃上一顿现成的热腾腾的晚饭。她更知道，正因为她的存在，儿子早上才能多睡会儿，不必自己早早起来做早饭，更不必去外面吃又贵又不太健康的早点。

母亲更知道，有她在，儿子便能一门心思地忙自己的工作和事业，毫无牵挂……

我想，天下有无数这样的母亲，为了子女，人到老年却不得不背井离乡，离开生活了一辈子的故土，漂泊在陌生的城市里，带着大半辈子的乡土气息来忍耐城市里并不习惯的新生活。她们善良而勤俭，并极具坚韧性，如同我的母亲，再热的天，再吵的环境，她也能逼着自己忍受住，强迫自己合上眼睛，睡在一片喧嚣吵闹之中。

睡在噪音里的母亲，她知道不能为了让自己好过，就撒手不管，独自回到熟悉、舒坦的乡下去，她是在为孩子做最后无悔的牺牲。

草帽是父亲的徽饰

◎段奇清

草帽的世界，是一首温婉美丽的诗。

回首数十年前的父亲，虽然对父亲的容颜已不再十分清晰，但象征父亲精神家园的草帽，常常从麦梢的朝朝暮暮里走来。永远的父爱，携带阳光、汗水，淌过我思念的河。

父亲是农人，戴着草帽，弯着腰，在土地上劳作，像极了身下的田地。因而，草帽是父亲的徽饰，也是大地的徽饰。

父亲对草帽一直都非常珍惜。那是三月天，桃花、杏花次第绽放，花事正纷纷攘攘哄闹起来。田地里的麦苗儿，挺一挺身子，农人们听到了它们拔节的声音……

几阵春阳暖照，麦苗儿开始吐穗扬花，太阳的威力也一天比一天大起来。这时父亲说，是该去买一顶草帽了！父亲平时购买物什，对好与坏并不很在意，唯独对草帽的要求几近苛刻：一定得是麦子的穗秆儿编织的，因为这样的草帽一绺绺圈绕着，细密非常，也白亮得耀眼。

草帽买回后，父亲还要拿了细密的白布，给帽檐和帽肚儿缝上，因为这些地方是最容易破损的。父亲说，先祖们为探索香甜的麦子，胼手胝足，甚或血迹斑驳。一顶草帽，一根根麦秆儿，编织着先祖们对美好的无限向往，珍惜草帽，就是对远古祖先筚路蓝缕的敬慕，也是对现代农人们的尊敬。

但是，一顶草帽总也敌不过岁月的敲打侵蚀。雨来时，雨水敲响出流逝的音符，"噗噗噗"，草帽的韶华被敲得有几分苍老起来；收割间，火辣辣的太阳穿不透草帽的故事和寓言，却把帽檐敲出了龙钟之态……

要说的是，龙钟老态的只是草帽的形体，不老的却是草帽的魂魄。村人们都说，父亲是村里手最巧的。一天，父亲对我说："清儿，和我一起去弄一些麦秸来。"是的，父亲要自己来编织草帽。对那些韧性十足的麦秸秆儿进行一番整理修饰后，父亲便拿起它们，像拾掇起一绺绺柔韧苍劲的时光，在手指间绕过来、绕过去，不上半天工夫，一顶草帽就编出来了。初始时，父亲编出的草帽还略显粗糙，编上几顶后，那草帽就非常结实漂亮了。喵，简直就是一件精美无比的工艺品！

父亲编出的草帽，除了自己和家人戴，大多数送给了乡亲们。要是乡邻们夸父亲"心好手巧"，父亲黝黑的脸庞上会绽放出璀璨的笑容，如同草帽用一朵朵含香的麦花回馈父亲的滴滴汗水和一瓣心香，亦回馈时光村落对父亲的濡染和滋养。

父亲编织出的草帽以特有的亲切、亲昵，在季节的轮回中穿越一载载光阴，在乡人们的心灵中馨香着。那时乡村是大集体，有一年天大旱，从春到夏，一连百天没下雨。有一天，天空中终于飘来了一大片墨一般的云，雨裹挟着烟雾滚落了下来。乡人们欢呼着！但不到一顿饭的工夫，云儿就如同孙悟空翻了一个筋斗，去到十万八千里之远。

雨过地皮湿，太阳又开始亮晃晃地炙烤着大地。乡人们这时要做的是如何保住这点儿雨水，让它成为墒土。人们纷纷走进地头，他们知道，夏日下雨的时间太短，太阳又火爆地出来，上烤下蒸，天气会更加炎热。但乡人们顾不了这些，只想在荒野之地或泥水沟中扯来青草覆盖于地表。可久旱之后，哪里能找到那么多青草呢？

此时，父亲将刚刚编织好的一百多顶草帽从家中一股脑儿搬到农田中来，分发给大家，将草帽罩住庄稼的根部，以减缓地里的水分蒸发。父亲甚至把头上的最后一顶草帽也摘了，光着头任凭烈日烤晒着……那一百多顶草帽就似一顶顶钢盔，抵挡住了烈日之箭镞的攻击，在太阳下闪闪发着光，宛然父亲闪光的心灵。

由此，我幼小的心明白了父亲为什么一直喜欢与珍惜草帽，只因为草帽是一种荣誉，而唯有父亲才最有资格佩戴村庄这无上荣耀的徽饰。

父亲五十多岁时，在一次抗击旱魔中不幸去世，永远离开了他钟爱的家人、亲近的乡邻，还有牵挂着的麦浪。几十年后，我的嗅觉跨越时空的田垄阡陌，在父亲草帽的悠悠香味中寻觅。慈善美丽的灵魂是不是该在另一个世界羽化而登仙呢？！时光洗去纷扬的尘埃，在对父亲的思念和祭奠中，我仿佛正挥洒一粒粒宿在父亲草帽上的汗珠，这汗珠在往生石上催开出一朵朵芳香的麦花,芬芳着人们心中的希望。

父亲编织的草帽清香了大地宽厚的胸脯,把麦子的气息随着南来北往的风雨四处传送。于是,那一顶顶草帽吐纳尽了生命的邈远与辽阔,也启迪着我对生命及人生的认识与感悟。

老母亲的第一次

◎孙道荣

因为路上遇堵，值机时间快到了，所以一下车我就拖着行李箱急匆匆走进候机大厅。回头一看，母亲却没跟上。赶紧又回头找母亲，她拎着布袋子，不知所措地站在候机厅的玻璃门外。看见我，母亲讪讪地笑笑："一眨眼你就不见了，这都是玻璃窗户，你怎么走进去的？"我告诉母亲："这是感应门，你走近一点儿，它就会自动打开的。时间来不及了，我们赶紧进去吧。"

母亲歉疚地点点头："那我们快点儿，我跟紧你。"

还好，候机厅显示屏告知，我们的航班晚点了。我对母亲说："你就在附近找个位子坐一下，我先去上个厕所。"等我上完厕所回来，看见母亲茫然地站在原地，一动未动。我指指边上立柱下的空座位，问她为什么不去坐一坐。母亲喃喃地说："里面这么大，我怕一走开，你回头找不到我了。"

我的心一紧，忽然意识到，这是母亲第一次出远门，第一次坐飞机。

母亲已经七十多岁了，我在杭州工作十几年，母亲来过几次，但每次都是应我的要求，来帮我们临时照顾孩子的，除了带她老人家到西湖边玩过一次外，她几乎没走出过我们小区。这一次，我就是特地带母亲坐飞机去厦门旅游。

排队过安检时，母亲一直拽着我的背包带，仿佛一松手，我就会消失在茫茫人海似的。到了安检口，我对母亲说："安检必须一个人一个人来，要不你在我前面进安检口？"母亲不安地说："我，我不会啊。"我把登机牌和身份证交给母亲，告诉她："只要把这两样东西交给安检员就可以了。"母亲犹豫了一会儿，说："那，那还是你先进去吧，我看看你是怎么做的。"又加了一句，"进去后你要等着我啊。"

我的鼻子忽然有点儿发酸。母亲虽然不识字，但在我们老家村子里，她算是非常能干的妇女，什么农活、重活都是一把好手。记得小时候，母亲第一次带我上几十里外的县城赶集，那是我小时候见过的最大的世面，我亦步亦趋地跟在她身后，生怕走丢了，对她崇拜得不得了。一转眼，母亲老了。

登上飞机，母亲浑浊的眼睛里不时流露出惊讶之态，但我看出她努力抑制着，不表现出来。母亲年轻时就好面子，我知道她是怕显露出来，显得自己很没见识，而丢了身边儿子的脸。

空姐在发放食物了。空姐问母亲："是吃面条，还是米饭？"母亲看看空姐，又看看我，忽然摇摇头。我们一早出门，没来得及吃东西，我知道母亲其实饿了，于是替母亲要了一份面条，她爱吃面条。等空姐走远了，母亲轻声责怪我："飞机上的东西很贵吧？"我轻声告诉她："这是免费的。"母亲这才释然。

下了飞机，母亲回头看了一眼，兴奋地对我说："没想到这么一大把岁数了,还坐上了飞机,我们村里,还没哪个老太太坐过飞机呢。"老母亲的喜悦溢于言表。

母亲没有想到,我也没有想到,接下来的几天旅程,母亲经历了自己人生中的一个又一个第一次。

出发之前,我就在网上预订了一家海滨酒店,四星级的。跨进酒店金碧辉煌的大堂,母亲小心翼翼地问:"我们住这儿?"我点点头。母亲一听,拉着我就往外走,"太贵了,我们找家小旅馆住就可以了。"我告诉母亲,钱已经付了,而且网上订的也不算贵。母亲极不情愿地住下了。在房间里,母亲轻柔地抚摸着洁白的床单,笑着说:"这是娘这辈子住过的最好的旅馆,睡过最软的床了。"她的语气,既自豪,又心痛。

出酒店不远,就是厦门海湾。站在蔚蓝的大海边,母亲激动地说:"这就是大海吗?"我点点头,告诉她,这里看到的是海湾,再外面就是茫茫大海了。"海真大啊,水真蓝啊,跟电视上看到的一样。"母亲喃喃地说,"我看到真大海了,回去我要告诉你张婶、李大妈,大海是什么样子的,她们这辈子是看不到大海了。"

担心母亲吃不惯海鲜,晚餐时,我只点了豆腐鱼和海瓜子。母亲尝了一口豆腐鱼,喂喂嘴,评价说:"有点儿腥,但肉真嫩啊。"我又盛了一勺海瓜子放在她的餐盘里,母亲好奇地问:"这叫什么?"我告诉她:"海瓜子。"母亲笑了:"海里也长向日葵吗?"我也笑了,没想到老母亲有时候也挺幽默呢。

母亲竟然吃得下海鲜，接下来的几天，我特地每餐都点几种不同的海鲜。大部分我都吃过，但母亲都是第一次吃。看到母亲有滋有味的样子，我总是一次次想起自己小时候，母亲去镇上赶集，每次都会给我们兄妹几个带回一点儿好吃的，因而每次只要母亲去赶集，我们都会眼巴巴地等着她回来。

除了坐火车从安徽老家到杭州，母亲这辈子没有出过远门，厦门，是她走过的最远的地方了，也是七十多岁的她第一次真正出门旅游。一路上，看到的，吃到的，听到的，玩到的，对她来说，都是第一次。在离开厦门前的一个晚上，母亲忽然重重地叹了口气，我以为她有什么不舒适，母亲幽幽地说："要是你爸还活着，也看到这些，该多好啊。"又笑笑说，"回去就是马上死了，也值得了。"

那一刻，我的眼泪夺眶而出。

家里都好

◎ 熊仕喜

十六岁那年,我独自到远离家乡的一座陌生的城市读书,不到一个月时间,新鲜与兴奋的感觉全没了,对家的思念却越积越浓。于是第一次走进邮局,把一份对家的念想连同一个空信封一起塞进了印有学校名字的大信封里。

空信封上,我写好自己的收信地址、姓名等信息,这样我就不用担心家里人会写错信封而使我无法收到家里寄给我的信件了。我的父母是农村人,没有进过学堂门,虽说后来他们也能认识一些常用的字,但那也是为了能认识孩子们写的信才努力去学的。再后来,有了电视,他们跟着电视上的字幕也生生硬硬地记住了一些字。

家里给我回信的,大多数时候是我的妹妹。那个时候,她还在读五年级或刚进初中的模样,信的内容大多是父母的意思,妹妹只是代笔而已。二十多年过去了,信里写了些什么我已记不清楚,只是有几个字我却永远难忘——"家里都好,你不要太节约。"这几个字不似妹妹写得那么工整,但却看得出来写得很用心,后面还专门添了几个字"妈妈写的"。我仿佛看到昏暗的电灯下,妈妈一笔一画地写着,一个字一个字地念着的情景,每一个笔画里面都饱含着"儿行千里母担忧"的情怀。

"家里都好！"这差不多是每一封家信都要写上的句子。其实，我知道，这是父母宽我的心呢，让我在外面安心学习，不用牵挂家人。在我实习的那一年，放暑假回家，我才听说割菜籽、插早稻的农忙时节，父亲突发阑尾炎住了院，妈妈白天在家忙着农活，早晚还要赶去医院照顾父亲。我说："为什么不写信给我，不让我回家一趟呢？"妈妈说："让你回来，耽误了你念书怎么办呢？再说，等写信给你，你父亲也早已经能下床照顾自己了。"总是这样，在我读书，甚至后来的工作期间，为了让我安心，无论家里有多大的难处，妈妈总是告诉我"家里都好"！

由于家庭条件不好，我从小就过惯了节俭的生活，但这并不是说，父母给予我的条件就很差。记得在那个远离家乡的城市，同寝室的几位学友最爱吃我带去的腊肉炒咸菜。我现在还记得那里面细细的肉末似乎比咸菜还要多。他们都说："你们家的菜真好，地主似的！"好在同寝室的还有两位家庭条件也与我相仿的室友，我们三人经常买一角钱的青菜汤就能凑合一餐。有时我们还一起到菜市场买一些便宜的蔬菜，用几块儿砖垒起小灶自己动手炒菜，这样一学期下来，也能节约不小的一笔开支！有一年秋收后，妈妈到我读书的城市看我，说："该用的钱，你就放心地用。今年晚稻卖了一千多块钱呢！"我以为她说错了，忙着纠正说："是一千多斤稻吧。"妈妈笑着说："没错哟，是一千多块钱。晓得你们兄妹几个念书要钱，我和你爸捡了一些人家不种的湖田种，想不到今年收成这么好……"妈妈看上去很自豪，可她却没有发现当时我心里有多酸涩。

　　没有什么文化的父母自然写不出文采飞扬的家书，但为了能认识我们的句子，他们还是想尽办法去识字。其实，再华丽的辞藻也无法写出父母对子女的那份挂牵。那份爱，一如太阳，除了光明，除了温暖，再也没有多余的色彩……

脖子上系灯绳的娘

◎王会敏

　　小时候上晚自习，回家最晚的是临考前那些日子，为了出好成绩，老师会卖力地延迟放学时间。

　　那次放学竟是晚上十点多。北风呼呼地吹着，我蜷缩着脖子朝家跑去。周围出奇地黑，伸手不见五指，偶尔能听到狗的叫声。推开那扇小木门，我兴冲冲地朝堂屋奔去，就在我迈步的那刻，一只大老鼠突然蹿出来，我吓得打了个冷战，一个趔趄摔倒在地。谁知这一摔，竟磕碰着下巴，摸着湿漉漉的鲜血，我用纸擦了擦。娘听到摔倒声，急急地问："这是磕到哪儿了，磕到哪儿了？"她从床上跳下来，连鞋都没顾上穿，不顾地面冰凉，疾步朝做饭的棚子奔去。迎着电筒那束光，娘抠了些锅灰，将锅灰按在我的下巴上，血就马上止住了。

　　我被娘拉进屋里，她自责道："瞅瞅，上了年纪觉就多了，刚才还醒着，谁知打了个盹儿竟然睡着了。都怪娘，若姑娘家脸上留下个疤，娘这辈子都有罪呀！"我将娘纳的鞋底搁桌上，宽慰她："不碍事，又不是多大的伤口，缝了针也不见得会留疤。"娘朝我打来："呸呸呸，竟说些扫门兴话。"窗户上的塑料纸在北风的迎合下呼啦呼啦扇动着，我就熟睡在娘的一边。

第二天我又去上晚自习，走的时候，我拿了个手电筒，回头跟娘说："晚上不用等我。"娘扶了扶鼻梁上的老花镜，拿着高粱毛在地上蹲着洗锅碗，她将身子挺了挺，朝我摆手："去吧，路上慢点儿。"放学后，我拿着门闩插门时，电筒哐啷掉地上，等我捡起来任凭怎么开，它就是不亮。这时堂屋的灯亮了，娘在屋里喊："外面冷，赶紧进来，一会儿我去插门儿。"就在我进屋的那一刻，娘正在解脖子上拴着的灯绳，我的心猛地被触动了，想想这场面，只有在书中看到过。十几亩田地，娘如同老黄牛似的没白没黑地操持着。家里四个孩子，也都是娘含辛茹苦养大的，送走一个读高中的大姐，紧接着又送哥，瞅瞅旁边睡得正香的小妹，如今娘又在熬我……

我责备着："娘，在脖子上拴个绳子干吗，这样会窒息的！"娘没有文化哪懂这些啊，她转过脸嘿嘿一笑："你还别说，这个办法真好，打个盹儿，灯绳就会勒一下。"我不禁心疼得泪水模糊了双眼，上前一步紧紧地将娘搂住。

我把绳子给娘解下来，抚摸着娘被绳子勒红的脖颈，娘回说："不碍事，娘为你做再多的事都是应该的。"我一直记得娘的恩，做最好的学生，过最好的人生，我一直以最昂扬的姿态生活着，因为背后一直有娘殷切注视的目光，只有不辜负那个脖子上系灯绳的娘，才能不辜负美丽的人生。

一蓑烟雨入梦来

◎ 胡安运

那一蓑烟雨，时不时就飘进我的梦里。

梦里，一个被时光湮没了的村庄，一个戴着斗笠披着蓑衣的老人，就恍惚地站在我的面前。

那个老人分明就是我的父亲，一个历经沧桑、被锄头麻袋压得腰弯背驼的上一个世纪的农民，手里攥着镰刀，脸上挂着满足的笑。

而那一身蓑衣挂在墙上或披在身上，就像一面旗帜，召唤着一种生活，挥洒着一段历史。

什么时候，梦里的村庄都是朴实的，长满了青草，摇晃着绿树，小河里的水也四季不断地流着。小河就在季节里流着，流去了青春，流过了盛夏，流来了最热闹的秋天。

父辈们都喜欢秋天，走到田野里，抚着金黄的谷穗，眼里便蓄满了喜悦，凝望田地里火红欲燃的一片高粱，沟壑纵横的脸上便流溢着满满的幸福。

秋收秋种的季节是村庄最忙活的时候，如果赶上秋雨连绵的日子，那些平时被冷落的蓑衣就有了用武之地。在塑料用品还是稀奇玩意儿的时代，庄户人习惯了自力更生的简单生活，就像一位伟人说的那样,自己动手丰衣足食,自己纺棉、织布,自己做鞋、缝衣,什么都是就地取材,什么都是土生土长。当时,最普遍的遮风挡雨的东西大概就是蓑衣。

编织蓑衣是父辈的拿手活儿。秋收时候父亲就选好叶子宽大的高粱秸,连叶带裤儿小心翼翼地扒下,在阴凉地里晾着。等秋收过后有了空闲时间,他就把那些带着裤儿的高粱叶子捆扎起来放在屋里,有时候还淋上一点儿水以使其保持潮润。待一切准备停当,父亲便安坐在木墩上,腰里缠着麻绳,悠然地编起蓑衣,高兴时便哼起乡间的小调儿。

我曾经很好奇地观察过父亲的动作,穿针引线抑扬顿挫手法娴熟,就像一个巧媳妇在绣花袄做花鞋,就像一个乡村艺术家在用心描绘自己生活的图画。不过两天的工夫,一件似乎自然天成的艺术品就在父亲的手中诞生了。蓑衣上还洒着父亲的汗水,还散发着大地高粱的清香。

从此,父亲就经常带着他的得意之作,刮风穿着挡风,下雨穿着挡雨,冬天穿着御寒,这真是一件适应性特强的"百变神衣"。除了走亲访友被挂墙角上之外,蓑衣很少遭到弃之如敝屣的冷遇。

后来我进城读书,读到张志和的《渔歌子》中的词句"青箬笠,绿蓑衣,斜风细雨不须归",对父亲的蓑衣就更感亲切,回家时,见到南墙上挂着的蓑衣就像见到了父亲一样,那是一种不一般的温馨,那是一种异样的慈爱。

雨季,父亲穿着它下地劳作,那"一蓑烟雨"的景象很是生动,很是感人,让人不禁认识到劳动的艰辛和生活的不易。那厚厚的蓑衣淋了雨水更增加了分量,披在身上去锄地去拉车,是现代人所难以想象的重负。在乡间的大路小路上,披着蓑衣荷锄而归的父辈们,流了多少细密如雨的汗,汗水透过布衣也浸湿了蓑衣,蓑衣便弥漫着青草的芬芳、田野劳动的气息。

我曾经穿着蓑衣去田里拔草,穿着蓑衣在北洼地值夜,那厚重的蓑衣便给了我风雨也褪不去的记忆。席地而坐,卷起来它就是敦厚的草垫;随地而卧,展开来它就是柔软的草床。铺在窝棚里,可以一夜酣眠,走在田埂上,可以防夜露湿衣。蓑衣给你从内到外的呵护。

冬季,天寒地冻,我有时就脚穿"草窝"身披一袭蓑衣在后塘里溜冰,或在西河边闲逛,感觉像一个将军一样,有一种厚重,有一种不可亵渎的威严。不管日子多么艰难,不管泥路多么坎坷,只要穿上它,便能够"一蓑烟雨"走四方,便能够风雨兼程闯天涯。

蓑衣给父亲的也曾给了我,那些温暖的记忆,那些深情的呵护,那些内在的希望和力量。有一次回老家,看见南墙上生了锈的锄头、镰刀,看见堆在床下蜷曲的那些草绳,我自然想起了那一挂蓑衣,找遍了西屋也不见它的影子,心里便有一种怅然若失的空落。父亲去了,那贴身的蓑衣难道也随之而去了吗?心里便有好长一段时间的迷惘和空虚,我两眼蒙眬地寻找,无奈怎么也寻找不到它的身影,我好像在寻找父亲生存的证明。

我知道,什么也留不住的,就是那老屋那老树那老井现在都已经坍塌都已经枯败都已经尘封,那些"一蓑烟雨"的时光都已经一去不复返了,我告诉自己只能往前走,不能一再回头。那些脱下的蓑衣在时光里风化成尘,再也不能在村庄的柏油路上成为不变的风景。

但是,那村庄里的一蓑烟雨,为什么总固执地闯进我梦里来呢?

顶上秋

◎梁 凌

秋天是从头顶开始的。草木依旧葱茏，莲未老，雁未回，顶上的烦恼丝，却一根根地飘零了。晨起洗漱，捋一把秀发，顺下四五根，再捋，七八根，捋呀捋，捋到心惊肉跳，怵然住手："这是怎么一回事？秋天了吗？"翻看日历，果然，已立秋二十余日！良人说："这是秋打美人头。"

回家看母亲。母亲养了一院子的鸡鸭，好好的院子，被糟蹋得"臭气冲天"。大热天的，母亲还赶着去割草、剁食。我不停地埋怨，埋怨她放着好日子不过，非要侍候这些臭烘烘的东西。母亲说："喂大了给你们吃啊，自己喂的土鸡香。"

大清早，不见母亲，跑到院里一看，母亲正戴着老花镜杀鸡。土灶上烧了一锅水，鸡在里边烫，她拔几根鸡毛，就把手甩一甩，因为水太热，烫得指头疼。

我吓了一跳："你杀鸡做啥？"母亲说："你带回去炖着吃。"我这才明白，母亲为什么偷偷起来杀鸡，她怕说了，我就不让杀，而她杀了，我只好带走。

我说："今天不走了，中午一起吃。"

母亲想了想："要不我再杀一只你带走？"

我去街上办事，回来时，鸡已炖得半熟，香气窜了半条街。我掀开锅盖，舀半勺尝尝，"噗——"地吐了，"太咸了！"我大叫。母亲在院子里剁鸡食，听到叫声，抬头道："啥？太甜了？那你再放些盐。"我急得直跺脚："你耳朵背啊？是盐放多了，咸！"母亲慌忙站起来，用手扶了弯着的腰："最近就是聋了……"

我往锅里加了一壶开水，尝尝，还是咸，看看肉皮，鸡毛还没有择净，母亲眼花，看不清。"为什么不等等我回来做？"我急吼吼地说。

"我想着你忙，唉，我咋就这么没用了呢，连锅汤也炖不好……"母亲站在锅边，像个做错事的孩子。

我赶紧说："没事，多炖点儿也好，让街坊邻居都尝尝！"

我想，我真是太过分了，不就一锅鸡汤吗？值得让母亲自责？！可是，可是我那能干的，会做虎头鞋，会扎花，会当外科医生，会给鸡动手术的母亲哪去了呢？从什么时候起，母亲这么老态了，眼花了，耳聋了，背驼了……是从父亲故去那天吗？掐指算来，父亲离去，已快三年。

想起父亲在时，我曾带他俩游过重渡沟。我情不自禁道："妈，我前两天又去重渡沟了。"

母亲说："噢。"

我女儿说："我姥爷坐过的秋千还在，我坐了。"

……

院里有棵核桃树,核桃熟了,啪啪地往下掉,有一颗,砸到我头顶上,疼得我真想掉眼泪。

想起两句诗:"知君此去情偏切,堂上椿萱雪满头。"椿萱如雪,是洒落在每个儿女头顶的秋霜。

妈妈的眼睛

◎李克红

我的妈妈只有一只眼睛，她的左眼只是一个空空的黑洞，我非常厌恶她。尽管我知道这是不对的，但我控制不住，我觉得她的眼睛让我丢人，我甚至觉得，她已经将一部分缺陷遗传给了我，因为我的左眼，它除了让我看上去拥有一双完整的眼睛之外，几乎没有任何别的功能。这使我每次一想起来就特别恼火。

妈妈在社区边开了一家小店，用来销售杂货以及一些旧衣服。我们需要钱。在我上中学时，有一次我们在校外的空地里上军训课，我的妈妈来了，她大声地叫喊着我的名字，然后将一把雨伞递到我手上。同学们都看着她，他们的神情都非常惊诧，妈妈离开以后，同学们就围了过来问我："你的妈妈怎么只有一只眼睛？"

我不知道怎么回答，我只知道我很生妈妈的气，我甚至希望她从这个世界上消失，所以那天晚上，我回家后就对我的妈妈说："你为什么要让我的同学看到你的眼睛？你希望我成为别人的笑柄吗？"妈妈没有回应，她只是呆呆地站着，而我的感觉很好，因为我终于说出了我想说的话。

我恨我的妈妈以及这个贫困的家。我告诉自己一定要努力读书，只有这样我才能摆脱我的妈妈和那个让人讨厌的家。后来我考上了兰卡斯特大学，我离开妈妈到了兰开夏郡，毕业后我在那里拥有了工作和婚姻，而且还拥有了两个可爱的女儿。我非常喜欢在兰开夏郡的生活，因为这里不会出现我的妈妈，不会有人看见她的左眼只是一个黑黑的窟窿。

我生活得非常幸福，我几乎完全忘记了我的故乡和我的妈妈，但是后来，突然有人敲门，居然是我的妈妈。去开门的是我的女儿，她被我的妈妈吓得尖叫了起来，我对着她大叫："你是谁？我不认识你，你怎么敢来我家吓我的女儿？"妈妈平静地回答说："噢，我很抱歉，我可能得到了错误的地址。"然后，我的妈妈，就退了出去。

大概一年后，有一次，我小时候的邻居给我寄来了一封信，他在信中告诉我，我的妈妈已经去世了，他们正在为我的妈妈筹备葬礼。无论我有多厌恶妈妈，但毕竟她是我妈妈，于是我带上妻子和孩子回到了故乡。办完妈妈的后事后，我走进了那个我曾经居住过的家，整理妈妈的遗物。我在妈妈的床头柜里发现了一封没有寄出的信，上面写着我的名字，我把它拆开来，里面是这样写的：

"亲爱的孩子，妈妈很想你，你终于还是回来了，这辈子我从未带给你荣耀，这使我很内疚。其实我也做过一件值得我为自己喝彩的事情。你看，当你很小的时候，你出了事故，失去了左眼。作为妈妈，我无法忍受看着你只用一只眼睛长大，我就把我的左眼给了你，所以，我的孩子，你应该知道你的左眼虽然完整，但却是看不见东西的，这是因为你的左眼原本是我的。不要因为我的死而哭，我太爱你了。"

虽然我一直知道我的左眼是看不见东西的，但我还是控制不住用手再次捂住我的右眼，果然，眼前再次浮现出一片熟悉的黑色。我一直以为这是妈妈给我的遗传，但没想到，我的左眼眶里的，其实是妈妈的眼睛！

父亲的光

◎周进平

那应该是一个很特别的冬天,父亲突然回来了,并且天天都在家里,与我们一起吃饭,一起说话。用现在的话来说,我突然变成了非留守儿童。

但是这种情况的变化并没有像我预想的那样为家里带来欢喜,相反,家里却总是笼罩在不可言说的压抑气氛里。那个时候,乡镇企业大批倒闭,父亲所在的石灰厂也垮了,企业红火的时候,应该是他人生最光辉的时候,如今回来了,他成了一名普通的农民,心情郁闷到了极点。父亲又大病一场。也是在那个时候,奶奶从梯子上摔了下来,摔得很重,经抢救才保住了性命。还有弟弟在一棵树上玩耍,树枝插进了眼角,在省城大医院里动了手术,差点儿瞎了。

这突如其来的一系列打击,特别是经济上的打击,让整个家庭笼罩在巨大的阴影当中。我们都很害怕,格外地小心。家里一下子没了经济来源,生活变得拮据起来,不得不向亲戚借钱度日。这种变故让我们茫然不知所措,不知道以后的日子该怎么过,我们兄弟几个每天都是小心翼翼的。

直到有一天下午,我放学回家,还没有进家门,就听到父亲与母亲那熟悉的谈笑声,这声音非常悦耳,小孩子最容易感受到周边喜悦的气氛,一下子心里就感到很振奋了。

我一进门,父亲就拉我过去,这让我有点儿受宠若惊。他指着地上一堆莲藕给我看,那些莲藕还没有洗净,被黑色的淤泥包裹着。原来这天,父亲去挖湖藕了。家乡有许多湖泊,野藕遍地是,但是相对好挖的地方已经被人承包了起来,只有那些湖泥很深、相对贫瘠的地方可以任意挖。但要挖起来也是相当费力,若肯出力,掀开一大片湖泥,在一米多深的地方还是能够挖到一些野生的莲藕的。于是,失去工作的父亲干起了挖藕的营生,这相当于他临时给自己找的工作。

于是父亲开始早出晚归,等我们的作业做完,母亲的饭也做好了,天色渐渐暗下来的时候,父亲就挑着一担藕回来了。在清点藕的斤两的时候,父亲即使再累,也会凑到称秆边看斤两,再用粉笔头在墙上写下数字,他很得意,犹如自己拿到了一张满分的试卷。

许久,我们都不知道父亲挖藕的地方,更不知道他是先将冰块敲碎,弄干湖里的水,再用工具一点儿一点儿地掀铲淤泥,然后越挖越深,掀到上面的泥越堆越高,不一会儿就看不到人影了。没过几天,父亲就直不起腰来了,后来就开始贴膏药,后背贴满了,再后来就吃止痛片。

在弄清楚了父亲挖藕的地点后,每个周末的中午就由我给父亲送饭菜和酒。第一次给他送饭的时候,我差点儿哭了。一大片泥泞地里，到处是翻开的淤泥，遍布大大小小的坑洼。寒风刺骨，天空阴沉，湖里全是黑泥，很难发现父亲的身影。我跑到湖堤的高处，只望到黑茫茫的一片，我大声地喊"爸爸"，一遍一遍声嘶力竭，声音一下子就消失在宽阔的湖面，没有一丝回响。我沿着湖堤来回地跑，不停地呼喊，北风呼呼地叫，把我的呼喊都吹向了身后。我心里焦急万分，怕饭菜很快凉了，更害怕在严寒的冬天里会有更可怕的事情发生，我不敢想下去，一边"哇哇"地哭了起来，一边冲进了湖里的淤泥里。沿着风干了的湖泥，我爬上了一个干枯的泥堆，四下望了望。

我突然看见在几百米的地方有一丝微弱的亮光从某一个泥坑里发出来，我的内心一下子振奋起来，快步地朝那个方向跑去，一双鞋都深陷到淤泥里，差一点儿滚进了挖藕挖的深坑里。

我多么希望父亲就在那里，哪怕他是睡着了，或是受点儿小伤。当我的呼喊声已经足够传到那个泥坑的时候，从里面钻出来一个人影，那就是父亲，是他，他正在张望。刚刚止住的眼泪一下子更汹涌地淌了下来，我突然感觉到自己累得上气不接下气，嗓子干冷得难受极了，我蹲了下来，擦了擦鞋子上的泥，抹干了眼泪。他一边打开饭盒，一边要我坐下，问："你是怎么找到我的？"我没有跟他说我是如何慌张、如何艰难地找到他，只是说："这边有一丝亮光。"父亲挖得太深，四周的泥堆得太高，里面看不见，他开着一个矿灯。

那一年冬天，父亲挖了六十五天藕，一天都没有间断过，挖到了过年的费用,挖到了开年的学费,同时也戏剧性地戒掉了几十年的烟瘾。

这么多年,我一直不敢忘却那盏灯的亮光。父亲从村干部到厂里的中层领导,应该说还是比较顺利,中年却遭遇到了许多不幸,那段最困难的年月,是父亲人生最为灰暗的日子。但作为家中的顶梁柱,父亲挺了过来,他像一盏灯一样,在我们最惶恐、最无助、最没有方向的时候,教会我们怎么去做。

母亲手中的笤帚疙瘩

◎陈柏清

北方有一种作物叫高粱。电影《红高粱》里,就是那个,比玉米个头高,秋天头顶结火炬一样的红穗子。以前,高粱米饭曾是北方普通人家的饭桌主食。秋天,脱了籽粒的高粱穗子用细铁线一层层捆扎好,就是笤帚疙瘩,通常用来除尘,有时也临时充当家法,打不听话的小孩儿。那个打人很疼,新笤帚疙瘩打人有时还会做烟花散射状,迸高粱粒子。

我母亲手里常握着那么一把,她的握姿很独特,握着梢子那头,把儿留在外面,她就那么握着笤帚疙瘩斜坐在炕沿上,像一尊神。什么时候呢?每天傍晚。

几十年前山村的小孩,快乐是简单的。白天上学或帮家里干活,吃了晚饭就没事儿了,一大群出来,打尜儿,溜粪堆——就是把沤粪的土堆当滑梯,跳绳,当然最开心的就是躲猫猫。秫秸秆垛,门后,树后,甚至旱井里,谁要被找到,就一阵欢呼。我们家那时住在村中央,后门就是村里唯一的一块空地,也是孩子们的游乐场。每到傍晚,笑语喧天,热闹非常。坐在屋中的我们心痒痒的……更何况有时候还有小伙伴在外面呼唤:"××!快出来呀,就差你了!"可是我们兄弟姐妹几个都不敢动。都干吗呢？坐在家里的小八仙桌旁，写作业呢。

我母亲是师范毕业，在那个年代五里八乡算文化人。她深知不读书没文化的可怕，所以即使学校不留作业，她也每天给我们留作业。

吃了晚饭，碗筷一收，抹干净桌子，饭桌立马变学习桌，兄弟姐妹几个头挨头坐在一起，干吗？写母亲留的作业。小孩子哪有不爱玩的，别的孩子玩得热火朝天，一门之隔，还不时听到指名道姓的引诱。每一声都像一个小火把，把一颗想玩的心烧得像红火炭一样，屁股底下就像爬了虫子，坐不住。可心刚一长草，眼睛从书本上刚一抬起来，屁股刚一动，"嘭"一声，母亲手里的笤帚疙瘩出动了，不过没打到人身上，打在炕沿上，她明察秋毫，敲山震虎。随着这声"嘭"，母亲秋风一样的目光扫过来，立刻，屁股底下的虫子没了，喧嚣也远去了，眼里的题目也清晰了。

每天晚上，炕沿都代我们受过，被老妈的笤帚疙瘩"嘭嘭"两回，不过，我们身上一次也没落下过。说也奇怪，按理我们都在爱游戏的年龄，外面有小孩子勾着，母亲又是柔弱的，她说话轻声慢语，即使穿着棉袄体重还不足百斤，可是我们没一个反抗的，也没一个哭求的，只要母亲一声"嘭"，立马全员服帖，精神归位，再不想出去玩的事儿。这是至今想来都感觉神奇的事情，似乎母亲手里的笤帚疙瘩令她有了超能力，或者，她令手里的笤帚疙瘩有了神力。

多年后，母亲笤帚疙瘩的效力显现了。当与我们同龄的同村小孩还在乡间重复着祖辈的生活，我们都因读书优秀得以脱离贫困。虽没有成龙成凤，可是成才还称得上，有的还在某些领域挑了大梁。

母亲的笤帚疙瘩随同母亲远去了，当年我曾常常庆幸母亲的笤帚疙瘩没有落到身上，可是，如今想起来却遗憾没受过母亲那一笤帚疙瘩，并且一想起来，心里就酸酸的。

那个夏天我们长大了

◎邱立新

那年，我们村终于建成了砂石路，能通汽车进城了。汽车开通的头天晚上，支书说为庆祝通路通车，客运站不要车钱拉大家进城逛。

第二天，天刚蒙蒙亮，母亲左手攥着旧面袋做的布兜，右手拽着我和大弟，领我们抄小路穿过苞米地赶到村口时，尽管我还睡眼惺忪，大弟的脸也没洗，可村口已有二十多人在排队等车了，听说能坐三十五人，母亲才如释重负地松了口气。

到了县城，宽敞的街道、高大的楼房，让很少进城的我们看得眼花缭乱，只恨没多长几只眼睛。绕过一家贴着招聘服务员的饭店大门，母亲领我们走进了新华书店，店里的书香味立刻感染了我们。

因父亲是村小学教师，受他的影响，我们从小就爱看书。书架上摆着许多课外读物，拿起这本，摸摸那本，哪本都有种让人爱不释手的感觉，最后，我捧起本《母亲》读了起来，弟弟也挑了本《蓝猫淘气三千问》画册看得津津有味。这时，一个店员催促说："你们买不买？不买就把书放回去。"又说，"别把书页弄埋汰了！"虽然我尽力央求母亲多买几本书，可母亲最后还是依照出门前父亲的交代，买了《钢铁是怎样炼成的》和《唐诗三百首》。可把书装好走到门口时，一个店员拦在我们面前说："请你们跟我到主任办公室一趟。"主任办公室在拐角处，主任是个戴眼镜的中年男人，他拿过母亲手里的兜，从装着几盒药、一袋饼干、两件新背心和两本书的兜里变戏法一样翻出本《蓝猫淘气三千问》！

那一刹那，母亲的脸唰地红了，厉声质问我和大弟："谁拿的书？"

"我，我没有……"我结结巴巴辩解。

母亲瞅向大弟，大弟立刻吓得哇哇大哭，说："我，我没看完……"

主任严肃地说："你们偷书，这事要交给民警处理！"说着就去拿电话。"求您别这样，这书的钱我现在就给。"母亲走上去拉主任的胳膊，哪知他把手一扬，母亲站立不稳，趔趄两下，跌倒在地。我忙上前扶起母亲，大弟也止住了哭声。主任这才稍微缓和了下语气说："不报告民警也可以，但必须交一千元罚款！"

那年月，一千元对于我家来说意味着什么？那是当村小学教师的父亲三个多月的工资。

"我知道孩子犯了错，要担责任，可一千元，我们家，一时半会儿真拿不出来，您看，能不能宽限宽限？"母亲边揉着膝盖，边哀求着说。"……交五百元吧，这是我们最大宽限了。"

主任沉思了一下说。"五百……能不能缓缓，他们的爸刚做完手术，还在炕上躺着，我还有个没掐奶的孩子……要不过几天我卖了老母猪……"母亲说着说着，竟流下了泪水。主任叹了口气说："你写下家庭住址姓名，一个月内把钱交上，不然，我们还是要报告民警的！"

那是我第一次看见母亲在别人面前流泪，也是第一次看见母亲在别人面前这样低声下气地说话，我的心像被钢针穿了一样又羞愧又难受。一股力量和勇气突然冲上了我的心，我说："妈，旁边饭店不是招人吗，我去干活，挣钱！"

于是，那个夏天，弟弟回家挨了打，身高只有一米三多的我，则第一次干起了饭店端盘子的活。两脚累得肿胀酸痛，两手腕抽筋一样麻。晚上，人一挨到铺草垫的水泥地，就沉沉睡去。

那个夏天，我知道了世上真有"苦累"二字，我擦着汗，咬着牙坚持着。

阳光很灿烂的一天，当我把五百元钱交到主任手上从书店出来时，心里溢满自豪和激动。归家心切，到家时，天还没黑，父亲已经能坐起来了，正跟弟弟在炕上编土篮，母亲在房后猪圈里喂猪，我把几张十元钱纸票和五百元收条交给她时，她用带着猪食味儿的粗糙双手捧起我的脸，噙着泪说："丽呀，你黑了，也瘦了，但长大了。"然后拉我到屋里镜前。一个夏天没正经照镜子的我，这才仔细端详自己。镜子里，我黑黑的，瘦瘦的，个子正好赶上了母亲肩膀。

那年，犯了错的大弟每天去河滩割柳树条，背回家在父亲指导下学编土篮，细小的手一次次结痂流血。弟弟最终编成十二个土篮，我们拿到镇上卖掉，当了学费。

那年，人生花季年华，我们懂得了成长路上不仅要在磨砺与坎坷中不断修正自己，也要扛着责任前行。

那年，我十四岁，大弟九岁。

鹅毛压得父亲喘

◎夏生荷

每到冬季,父亲都要去收鹅毛,此时乡下的养鹅人,都会把鹅毛拔下来卖钱。父亲便拿着麻袋和扁担,走村串屯地上门去收,早出晚归。

天一黑,我就跟姐姐站在村口的冷风中,等待父亲的归来。有一年,父亲身体特别弱,"鹅毛担子"一上肩,就大口大口地又喘又咳,为此每次看到父亲,姐姐便会飞快地跑过去,接过他的担子,父亲便如释重负,一下轻松很多。年幼的我很是不懂,那鹅毛担子,分明很轻盈,我曾挑过几次,看似鼓囊囊的两麻袋,其实一点儿都不重,轻如鸿毛呀,可为何在父亲的肩上,却是那般沉重,压得他直喘呢?

晚饭后,父亲拨亮带玻璃罩的油灯,借着灯光,将收来的鹅毛全部摊放在屋内,然后打开家里的所有门,让阵阵萧萧北风穿屋而过——他要一边拨弄,一边利用那又冷又硬的北风,将鹅毛中最轻、最软,也是最值钱、最有用处的鹅绒,吹分离开来,另作他用,吹不起来的则卖给毛厂。

如若吹进来的风不够大,父亲就拿扇子去扇,被他扇起的鹅绒,恰似屋外飘扬的雪花,片片雪白,凌空飞舞。父亲一边扇,一边剧烈地喘着、咳着，形单影只地被一片"雪白"若隐若现地裹挟着，碰触着，吞没着……他从不让我和姐姐帮忙，而让我们去学习。

父亲为何气喘和咳嗽得那么严重，我从不知其因。我更不明白，为何村里别的成年男子，都去集体的队里上工，挣工分，可他却不去，而让柔弱的母亲去？

母亲白天上工，晚上还要给有钱人做羽绒鞋，好赚些手工费，供我和姐姐读书，父亲分拣出的鹅绒，正是母亲做鞋时所需的填充保暖材料。母亲的手很巧，做出的羽绒鞋暖和得很，极受镇上的居民欢迎，尤其是临近春节的腊月，定做羽绒鞋的人很多，母亲要整宿地去做，天快亮时才能和衣躺会儿。

更糟的是，我家的泥墙草屋，也在那年的一场暴雪中坍塌了，一家只能住进一间四面都漏风的草棚里。晚上归来，母亲仍要在草棚里做鞋，父亲分过鹅绒后，还得去垒房子——取来半干半湿的田泥，赤脚将它们一脚脚地踩熟，踩得有黏性和劲道，之后再用它们去垒墙。垒一层，晾干后，第二晚再接着垒第二层，如此反复……因为太冷，母亲的双手很快被冻伤，又痛又痒。父亲也喘得、咳得更严重了，但他们继续坚持着。

几个月后，泥屋终于垒起来了，春天也到来了，父亲的咳喘渐渐有了缓解，母亲的双手也好了些。他们卖鹅毛和羽绒鞋所得利润，得以凑齐我和姐姐的学杂费，一家人总算熬过来了。

后来，我才知道，父亲当年患有较重的慢性支气管炎，因为怕花钱治疗，只能硬扛着，医生告诫他不要干重体力活，要休息，否则极易发展成肺气肿。可父亲哪肯休息，他坚决要去收鹅毛，因为这活相对轻松些，还能帮母亲。

多年后，父亲和母亲相继去世。有一次，我回到老家，在老屋的角落里，惊讶地发现了一小窝的鹅绒，它们轻轻地拢在一起，像落入人间经年不散的流云，泊在母亲留下的鞋样子旁。鹅绒是那么轻盈，有风掠过，便会飘散。但奇怪的是，它们竟始终在那里，一如当年此时。

我终于懂了，当年，压在父亲肩上的担子看似轻如鸿毛，但对于贫病交困的他来说，却是千钧之担，于母亲也同样如此。可面对薄待他们的那个寒冬，父亲和母亲并未屈服、抱怨，而是用尽所有力气，彼此配合，携手反抗，只为他们的孩子——年幼的我和姐姐，打开一个阳光明媚的未来之春！在当时那个农村普遍穷困的特殊年代，我和姐姐是方圆几十里地，唯一都读过书，上了大学的两姐弟，谁也没因贫困而辍学。

父亲肩上担起的和母亲手中操持的，虽然只是一片片很轻、很轻的鹅毛，但由此诞生出来的爱，却重于泰山。

第四部分

穿过岁月遇见你

第四編分

卷七之一民醫因分

是谁走远了

◎陆 琪

好不容易休假回家,刚吃饱饭还没来得及把小肚子抹平,母亲突然凑过来神秘兮兮地说:"记得你初中班主任的孩子吗?那个高考比你高两分的。"我不搭理她。"她现在在河海大学啦,学法律的。"语气有点儿酸,然后又不甘心地问了一句,"河海大学的法律好不好啊?"刚开始我就不想理她的,莫名其妙地听到这一句,竟忍不住笑出声来。当初我准备报重庆大学时,一个同学无意间跟母亲说此大学的文科实在没有优势,母亲说什么也再不给我报那大学了。可母亲的心思我怎么不懂呢?爱比较嘛,且见不得别家的孩子比自己家的好。

窗外的树正茂盛,刚好挡住了盛夏清早的阳光,浓浓的绿荫遮了我大半个笑脸。想我十岁那年,这树还只比我高两头,十年了,我和它都长大了,不是吗?十岁时,我是多崇拜我年轻又勤巧的母亲的啊!现在,母亲的稍稍一点儿心思,我都能看穿,而我的心思,她却揣摩不了半分。有时候会气不过她那小心眼儿的小心思,当面故意把她的想法说出来,她却死不承认,活像我小时候偷吃了糖死憋着嘴的样子。是不是人在年轻的时候才最精明呢,还是我变得聪明了母亲却停在了原地?

龙应台在她的《目送》中写着："所谓父女母子一场，只不过意味着，你和他的缘分就是今生今世不断地在目送他的背影渐行渐远。"到底是谁走远了？是我，还是母亲？为何我有一种错觉：是我走远了，而母亲却在原地不屈不挠地守着我的背影。我渐行渐远，母亲却是不追，只是守望，近乎固执。现在我不过二十，母亲还不算老，我怎么就有了这种感觉呢？从什么时候开始的呢？

是那次吗？老家的亲戚来我家做客，跷着老腿，抽着水烟，吐着白圈，幽幽地问我的成绩。我没回答，只闷着头在榆木桌上摆着碗筷。"成绩不好哟！"他似是特别了解地开口。我笑笑，母亲刚好端着菜看过来，嘴都张成了半圆，我一个警告的眼神飞过去，她生生把快要蹦出口的话咽了回去，"咚"的一声把盘子敲在桌上，回头盯着那老头儿笑得别扭，眼角的鱼尾纹都诉说着不满，样子可真不像一个长辈。可惜当时我尽看到她的错处。

还是那次？我和几个同学由着家长陪着去参加自主招生。一辆大巴里，我们几个认识的学生不说话，家长倒叽叽喳喳，不想让气氛淡下来。当别人说起自家的孩子是老师推荐时，母亲却来了一句"我家的是凭着自己得的大赛奖去的"，我转身，狠狠地盯了母亲一眼。不期看到她的侧脸上扬起的自豪与满足，像是醉了酒似的自醺，在透过车窗的橙红色的夕暮中，熠熠生辉，欲盖弥彰。

那时，第一次有了负罪感。

懂事以来，不是一直在逃避着母亲对自己的赞赏吗？觉得母亲太幼稚、太张扬。自己早忘了儿时被母亲当众夸耀时的那份喜悦，母亲却对这个游戏乐此不疲。我慢慢长大，慢慢失去兴趣，变得没有耐心。这些人事，小时候不知所谓，长大了，看清了，却已不屑一顾。再大了，看深了，才明白，最让我愧疚的是：我与母亲间的距离是我拉长了的。每次我向前跨步不止时，母亲一如既往地，用似乎亘古不变的方法，守候在原地，也不期盼我回头，只是翘首。而我，注定渐行渐远——缩不短的距离，抹不去的愧意。

越亲的人越走越远，陌生的人却相伴而行。

终究，是我走远了，而母亲，目送我前行。我最多，只能回头。

最会说谎的人
◎苗君甫

小时候,放学回家,看到桌上突然出现的糖果或者零食,总是欢呼雀跃,那个贫穷的年代,这样的稀罕物对我是最高的奖赏。

蹦跳着到她跟前,想要跟她分享,她总是说:"我吃过了,这是给你留的,你吃吧。"兴冲冲地在她面前吃得津津有味,她总是很宠溺地笑,"我说了很好吃吧,因为我已经吃过了。"

上中学的时候,住校,不能常常回家,打电话给她,问起家里的情况,她总是说:"没事,都好着呢,不用操心,只要管好学习就行。"

很放心地直到周末才回家,进屋想要和她拥抱一下,却看见她打了石膏的腿,原来她去平房顶上晒粮食,不小心摔了下来。

工作后,认识很多朋友,应酬渐渐多了,有时候也邀请朋友们来家里聚会,等到我们酒足饭饱之后,常常留下一大摊子乱七八糟的盘子碟子。

去帮忙,她推我出去,说:"走吧,走吧,你在这儿尽给我添乱,还不如我自己来呢!"

结婚的时候,房款还差一些,本打算向朋友们借点儿,她带着厚厚的一沓钱,急匆匆地赶来,解了我的燃眉之急。

很不安地问:"给我这么多钱,你们平时花销怎么办?"她挥挥手,很大气地说:"没事,家里钱多呢,以后还是该吃就吃,该喝就喝,放心吧。"

逢年过节的时候,学着给她买礼物,她总是说:"什么都有,啥都不缺,有钱不置半年闲,省着钱养孩子吧。"

现在,我有了和她一样的身份,也开始说着和她一样的话,我开始明白,原来她是世界上最会说谎的那个人。而她说谎的原因,人人皆知,却人人忽略。

就如我,小时候不曾知晓,她骗我说她已经吃过了,其实是想多给我留一口;她骗我说家里一切都好,其实是不想让我担心;她不想让我帮忙收拾碗筷,其实是想让我休息,宁愿自己操劳……

但是我,哪里想过她谎话背后的真意,也从来不曾对她说过的谎话感恩,更没有理解她一次又一次的谎话中藏着对我深深的爱。

只是现在,在我做了母亲的时候,我终于明白了,我要对她大声说出:"我爱你,妈妈!"

总有一段旅程,你要孤独走过

◎若 初

有一个黑夜,对我来说,不同寻常。它像一朵暗紫色的灵芝,以古朴而圣洁的姿势存在于我的心里,引领我成长。

上初中时,一个很平凡的星期五,我如往常那样,朝车棚走去,到了却发现自行车坏了。身上已无分文,我走到妈妈厂子里,等到她下班就带我回去。而妈妈那天恰恰没去上班,当时,我感觉我的心被抽了一截,似空非空的感觉。

只能走路回家了。平时我骑自行车回家,大概要一个小时,走路要多久呢?那一刻,我突然觉得回家是一件遥遥无期的事。

最终,我还是拽着书包带子,老老实实地走下斜坡,向家走去。

开始,路两旁是一些低矮的店肆。没走多远,右手边便闪现一条明亮的河流,恰似被随手抛在大地上的一串珠玉,那般晶莹玲珑。我俯看着驮着微黄泡沫、倒映着绿树青山的河水,满心愉悦地向前走。不知不觉,天暗了下来,我加快脚步。

但脚步终究赶不过时间。天已经完全暗了,万物在淡淡的月光下只余一个模糊的轮廓。我非常清楚自己的处境,路的左边依山,右边傍水,已无烟火人家。

有一个山头,树被挖去了大半,突兀着很多白色的坟墓。我战战兢兢地望着那一抹抹浮现在夜色里的白,寒意袭上心头。我一路狂奔。

　　我身畔那一片片杂草丛荒芜得似乎随时都有可能跳出一条蛇。路上静悄悄的,只我一人。我仿佛听到草丛里隐约发出一阵窸窸窣窣的声音。我紧握书包带子,整颗心都绷得紧紧的。我真希望快点儿回家,家是一个多么温暖的字眼!但现实却毫无情面地向我泼冷水:路只走了一半。

　　远处偶尔驰来一辆汽车,银白灯光几乎铺满了整块柏油马路。一颗颗小小沙石的影子被拖得老长老长,似极了一个个掉落在路上的钉子……

　　我回家了,我终于回家了。我扑进那熟悉的灯光。

　　已经七点多了,过了两个多小时。

　　隔着岁月的风沙,回首那个黑夜,我在想,那不正是人生的一段旅程吗?它黑暗而寂静,在你想不到的时候横在你面前,你不得不走,而且,一个人走。在这段旅程里,你无法触摸亲情、友谊,有的只是无尽的黑暗。你必须为自己击鼓,勇敢地向前!

　　总有一段旅程,你要孤独走过,你逃脱不掉,只能面对。

给我们留下疤的伤

◎黄小平

一

有时,一块很小的伤口,却会留下一块很大的伤疤。只要你细心观察,就不难发现,几乎所有的伤疤,都比它原先的伤口大。

伤口留下的伤疤,为什么比伤口大呢?

我想,也许在我们受伤之后,我们内心的忧伤、痛苦、愤怒和仇恨,让我们的伤口受到第二次创伤。那比伤口大的伤疤里,有我们心灵的伤痕。

增加我们伤痛的,加大我们伤害的,往往是我们自己。

二

一次,我指着朋友身上的一块伤疤问:"还痛吗?"朋友说:"伤好了,疤就不痛了。"

是啊,伤好了,疤就不痛了。可我们又有多少人伤好后,却一次次去记起它,记起它的伤,记起它的痛,记起它的血泪和仇恨，这不是一次次自己折磨自己、自己伤害自己吗？

伤好了，疤并没有痛，可为什么要把过去的伤、过去的痛，带到现在甚至将来，用那一时的伤一时的痛，去伤自己一生，痛自己一生呢？

三

皮肤划伤了，伤好后，皮肤不可能恢复到原来的模样，会或多或少地留下疤痕。

这疤痕，就是一个印记，看到它，自然会勾起你的记忆，让你想起这疤是怎样留下的，是受过怎样的伤。

人生受到伤害，伤好后，不能什么都不留下，也要或多或少地留下一点儿印记，比如，一点儿教训的印记，一点儿悔悟的印记，一点儿启迪的印记。

伤好后，长出来的是疤。就让这疤，成为我们人生的一个警醒。

四

一位医生告诉我，每个人身上都有疤，只不过疤的多少、大小、深浅不同罢了。

这说明，每个人都在生活中磕过、碰过、伤过、痛过。

每个人身上都有疤，但人们不会因有了疤而破罐子破摔，嫌弃自己的皮肤，糟蹋自己的皮肤，人们仍会细心呵护着它，深深地珍爱着它。

每个人身上都有疤，每个人的心灵也有疤，因为每个人的人生都不是一帆风顺的，都会经历多多少少、大大小小的挫折，遭受失败和打击，给我们的心灵、我们的人生留下深深浅浅的疤痕。尽管这样，我们还是要像呵护、珍爱我们的皮肤那样，去呵护、珍爱我们的人生。

给自己一次机会

◎夏雪芹

读完初三那年,贪图安逸的我放弃了三年高中,轻轻松松地上了师范。三年后,在我的同学参加高考时,我忽然就后悔了:一生一次的选择机会,我为什么偷懒不去试一试?看看成败,看看自己可以造就什么未来?

尤其是当我得知当年和我成绩相仿的同学都考进了名牌大学,即便几个成绩中游的同学,补习一年后也考进了重点大学,我更没法叫自己安心!我知道进了不同的学校就意味着受到不同层次的教育和不同知识的滋养,还有不同的朋友圈子和不同的毕业去向。我不知道我若参加了高考,我会不会进大学?会进哪所大学?会拓展出怎样的人生?我不可能知道,谁让我根本没试!一次图一时轻松的退场,换来的是笼罩一生的后悔和不甘!

我为什么不去做?

我真的太害怕失败太自我保全而不肯奋不顾身,却不知那些胜的可能,在我迟疑不前、半路抽身时就断送掉了!

这件事成了我内心一触即痛的伤疤。

最初,听张宇的《一言难尽》,我总是含糊地跟唱:"从哪里开始,从哪里结束,我依然担心……"直到有一天翻到歌词,才知"正版"应是"从哪里开始,从哪里失去",心里不由得一惊!

为什么"开始"之后对应的不是惯常的"结束",而是"失去"?

为什么我会惯性地以为开始后而必不得已要结束呢?

回头翻检过往的事,那么多个结束都禁得住推敲吗?若不是太早放弃,有许多次机会都可以抓住,有许多个故事都可以进行下去,还有下文的吧?

对于我们,机会就像一道光,在岁月的甬道口一闪就不见了。当我们到达人生的终点,我们才知道,当机会和我们相遇时,一定要紧紧抓住它,一旦错过,就再也没有了。

捂着这处一触即痛的伤疤,我渐渐改口:"从哪里开始,从哪里失去?"我不说结束,不再把终点提前。

眼是坏蛋，手是好汉

◎邢多多

三个月前，我参加了南京一家教育机构的招聘，凭借多年家教经验，我经过了三轮初试、两天培训、一天复试，在淘汰率极高的竞争中，成功晋级。带着开心，还有点儿小骄傲，我开始了自己的实习生活。

期间，负责培训我的老师，是一位被学生拥戴、口碑极佳的年轻教师，单从相貌看，比我大不了几岁，于是我叫她娟姐。娟姐上班时兢兢业业，同事称她是"工作狂"，私下里却是一位性格开朗、与人亲近的长者。很善言谈的我，很快就与娟姐架起了友谊的桥梁。说实话，出于私心，我总是与娟姐走得很近。下班逛街娱乐，消遣时光，娟姐的身边，总少不了我的身影。为了迎合她的喜好，我甚至会花很多时间陪着她做自己不喜欢的事。虽然有点儿小无聊，但我依旧暗暗窃喜，我的实习生活比所有人都过得轻松自在，有问题找娟姐，她会乐此不疲地帮助我，而娟姐布置给我的任务，即使经常完成不了，她也不会责备刁难我，于是我很自信，仿佛看到了成功在向我招手示意。

一个月过后的一天，我又一次陪娟姐吃饭。期间，我试探性地问她："娟姐，你觉得我会成为一名像你一样优秀的教师吗?"娟姐几乎不假思索地说:"不会。"我的脸一下子就绿了,压住满心的尴尬和无语,我极力平复着自己的心情,却还是遮不住满脸的丑态。娟姐看出了我的小心思,笑着说:"在我还是一个实习生的时候,带我的老师也是一位优秀、受人爱戴的专业教师,她乐意把所有知识经验全部分享给我,她告诉我什么时候该努力,我就全力以赴去学习;她告诉我写教案要注意什么问题,我就十遍百遍地写,直到做出最好的教案;她提醒我上课时要注意的重点难点,我都一一做好笔记,在课堂上演练实践,成千上万遍下来,我才有了属于自己的讲课风格……那个时候,我从来没想过自己能成为一名教师,我只是尽自己最大的努力,做好每一件事,上好每一堂课。"

不得不说,娟姐是一位聪明的女子,这顿饭,让我吃进了心里。

做事时,花在人情打点上的功夫都是花架子,最终还是要踏踏实实地做好每一项基本功。这些基本功看起来枯燥、重复、千头万绪,但却是进阶的基石。就像小时候,每逢收获的季节,就是无休止的农活,站在玉米地里,望着遥遥无尽头的玉米,手疼脚酸的我,总是要问母亲:"什么时候才是个头儿?"母亲总是回答:"眼是坏蛋,手是好汉。不去想不去看,只用手去做,总会到头儿。"果然,干着干着,不知不觉就到了头儿。

世界上有太多事情,被眼睛迷惑,眼睛总是放大面前的困难,误导你,麻痹你,从心理上打败你,让你想去走捷径和巧路。所以不要完全相信你的眼睛，有一分困难，它可能会给你放大十倍。只有双手，默默无闻，扎扎实实，一点点地做下去，一点点地消却眼前的活计，就会战胜一切困难。

接下来的两个月，我重新给自己制订了计划。针对自己所要讲解的科目，我借来了所有相关课本，温习所有知识点；针对自己不懂的地方，我一遍又一遍请教娟姐，借鉴她的方法，再结合习题巩固分析，我埋头于教案中，不厌其烦地进行琢磨更改。

那段日子，过得很累，心里却踏踏实实。

实习结束前，虽然我还没有培养出自己的教学风格，但我的努力没有白费，针对一些晦涩难懂的重点、难点，我创造出了一套别具一格的方法，简单易懂且好记。在公司里，我收获了众多好评，也引来了领导的刮目相看，娟姐更是对我竖起了大拇指。最终，我提前收到了签约的好消息。

现在，我依然喜欢与娟姐休闲娱乐，只是与以往不同，这次是发自内心的喜欢，所谈的也是踏踏实实的梦想。

听说宿舍下铺的舍友——一位喜欢读书、热爱文字的姑娘，实习期间去了一家报社，每天忙得焦头烂额，有时为了采访人物，不得不坐着长途汽车来回奔波，晕车呕吐常常使她疲惫不堪。很晚回来后，还得坐在电脑前，整合敲出自己的文字，腰酸背疼是其次，最怕遇到状态不佳，一篇文章少说也得改个十来遍，但实习工资却少得可怜。舍友们心疼，劝说她早点儿放弃："三百六十行，行行出状元，干吗拼了命地要进报社？"姑娘却说:"我从来没想过一定要通过实习,我只是想让自己写出来的每篇文章都能发表出去。"

听着舍友的话,我仿佛又听到妈妈说的那句话:"眼是坏蛋,手是好汉。"看得出,舍友真的要进报社了。

穿过岁月遇见你

◎李良旭

那年，我刚转到这所学校上中学，陌生的环境让我一时感到很不适应，特别是我那浓重的乡下口音，一张口，就让我自惭形秽，我怕同学们笑话。一种自卑心理无形中显现出来，让我产生了挫败感。

一次，英语老师让我站起来读课文。我刚开口，立刻引起班上同学的哄堂大笑。我一下子窘得无地自容，刚刚燃烧起来的一点儿自信心顷刻间被击得粉碎。我再也读不下去了，我僵在那儿，感到时间都凝固了，不知如何应对这种局面。

突然，教室里响起一句悦耳的声音："李木子，你朗读得很清晰，我支持你！"这声音，在哄笑的课堂里，像一缕和煦的春风，在教室里回荡。

我惊讶地循声望去，只见是一个眉清目秀的女孩子端坐在座位上，脸庞白白净净的，一双清澈的眼睛分外明亮。她正向我这边看着，还向我竖起了大拇指。这女孩儿叫什么名字我还不知道，更重要的是，在那个年代，男女同学是不讲话的。当时，在众目睽睽之下，她为我说话，是需要多么大的勇气啊！

女孩子的那句话，仿佛是一枚炸弹爆炸，班上顿时变得鸦雀无声，刚才还哄笑的那些男生女生一个个向那女同学望去，他们满脸都是惊讶的神色。面对投来的那么多疑惑的目光，那女孩一脸平静地望着老师，仿佛把问题抛给了老师，让老师来做个解答。

面对班上发生的炸堂现象，正感到束手无策的老师仿佛也有了一个力量支撑，她严肃地对全班同学说道："张影同学说得很对，刚才李木子同学朗读得很好，请李木子同学继续朗读下去。"

听了老师的话，我才知道，那个女孩子叫张影。这个名字立刻深深地刻在我的脑海里，心里似乎有了一股力量在支撑着，刚刚熄灭下去的一丝火焰，又重新燃烧起来了。我清了清嗓子，又重新开始朗读。这次，班上再也没有同学哄笑了，相反，教室里出奇地安静，只有我那浓重的乡音在教室里回荡。

那堂课上发生的事，可以说是个转折点。从此，再也没同学嘲笑我那浓重的乡下口音了，我也敢和同学们大声说话了，脸上荡漾着挥之不去的自信。不过，在我心里始终有着张影的身影，目光常常追寻着她的身影。上课时，看到她神情专注地听课、学习，我都觉得她很美，那种美，让我有一种感恩。

然而，自从那天她在课堂上大胆地帮我说话后，私下里并没有和我再说过一句话，有时我看到她从我身边走过，脸上露出一种浅浅的微笑。我一直想对她说句感谢的话，可是，我总是没有勇气。

日子就这样一天天地过去了，一直到高考结束，我也没能和她说上过一句话。在心里，我们似乎都想说一句话，但因为矜持和内敛，我们谁也没有大胆地跨过一步。

几年后，我终于打破沉默，开始向同学们打听张影的下落，可是几乎没有人知道她在哪儿。有一个同学告诉我一个她家过去住的地方，我如获至宝，利用假期，专程前往她家住的那个地方，可是，那里已是一片拆迁工地，找不到一点儿影子。

转眼三十多年过去了，无论生活发生何种改变，我一直都记得那节课上的情景。我常常穿过岁月遇见你，我真诚地对你说道："张影，谢谢你！你的那句'李木子，你朗读得很清晰，我支持你！'，可以说改变了我的一生。几十年来，我经历了许多的人和事，但是，无论生活发生何种改变，当想起这句话时，就给了我无穷的力量和信心，还有什么比'我支持你！'更令人备受鼓舞呢！"

我想，穿过岁月遇见你，我们一定没有了矜持和羞涩，我们一定会像今天的中学生一样，那么开朗、那么热情，我们会击掌欢呼，我们会打出大大的V式手势，我们会聊人生理想……总之，当今中学生会的事，我们都会，当然也就不会有我今天的遗憾和嗟叹了。

不过，那也是留给我们那个年代青涩年华的一段故事，那段故事，虽然波澜不惊，但在我们心里却留下了最唯美的回忆。

穿过岁月遇见你。那课堂、那哄笑声、那清亮的声音，又再次在耳边响起，仿佛如昨，历历在目……

母亲挨的那巴掌

◎杨春云

我十六岁那年,考入了县中学高中部,是乡里唯一考上县中学的学生。我父亲因在建筑工地打工摔断了腿,再也不能出去打工了,就靠母亲种地的微薄收入和农闲时到县城来打零工维持全家的生活,我的学费都是乡里帮着出的。

乍来县城,看到城里的同学穿得光鲜亮丽,吃着五花八门的零食,还玩着新奇的玩具,我心里羡慕不已,同时也充满了自卑,常恨自己为什么没生在城里。有一次,同学带我去了网吧,从没接触过电脑的我,突然进入另外一个世界。毫无抵抗力的我便迅速沦陷了,欲罢不能,如果哪天不去拼杀两个小时,就根本静不下心来上课,也无法入睡,成绩降到班级下游。

自从我迷恋上网络游戏后,母亲每月给的那点儿生活费就捉襟见肘了,我隔一周就会打电话让母亲送钱来。每次看到母亲,都觉得她比上一次又消瘦苍老了些,心里充满了愧疚。可是,当我进入那个虚拟世界时,我就会将现实生活中的一切苦恼抛到了脑后。

某天,我又计划着晚上溜出去打游戏,谁知一摸口袋,只剩下几个钢镚儿了,打电话给母亲,母亲让我下午课外活动时到学校后面的巷口等她。

下午,我去校外找母亲,刚走到巷口,就听见巷子里一片吵闹声,听见母亲怯懦的声音:"这明明是我先看到的。""你这个疯婆子,也不看看这是谁的地盘?你也敢跟我抢?"一个凶神恶煞的声音,似乎有人在撕抢什么,我探出头去,刚好看到母亲正在和一个中年男人争夺一个大纸箱。我冲上去,想帮母亲抢回纸箱,"啪"的一声,一记响亮的耳光打在母亲的脸颊上,母亲捂住脸站在原地,完全被打蒙了,那人趁机抢了纸箱,转身跑了。

我顿时觉得浑身的血全部涌到了脸上,那巴掌好像打在了我脸上,火辣辣的烫。我追上去想揍那人,母亲却一把拽住我:"不要和他抢了,惹恼他,以后我就不能在这片儿捡废品了。""谁让你拾垃圾的,要是让我同学看到,丢死人了!"我气愤地呵斥母亲。"你最近生活费都不够,我怕你营养不良,卖点儿废品补贴一下。"母亲嗫嚅着低声下气地说,我看着母亲噙着眼泪,站在寒风中,灰白的头发在凌乱飞舞,我突然抽了自己一个嘴巴,掉头就跑,母亲在身后大声地喊我,我没有回应。

那晚我没有去教室上自习,一个人在操场角落里哭到宿舍熄灯。从此以后,我像变了一个人,早晨早早起来背英语单词,上课认真听讲,课后大量刷题,夜晚教室和宿舍都熄灯了,我还在走廊里看书。课余我到处去捡同学们扔掉的饮料瓶、空纸盒、废旧书包去卖,全然不顾同学们异样的目光。自那以后,我再也没去过一次网吧。母亲挨的那巴掌,一直在我心中隐隐作痛,让我无法释怀。

那年高考,我成为县里的高考状元,考上了南京大学,县里奖励了我一万元。在高考优秀学子报告会上,我作为学生代表发言,讲述了那一段经历,我看见台下好多人都在抹眼泪。我在发言的最后说:"母亲挨的那巴掌,打醒了那个懵懂无知的我,让我屈辱万分,也懂得了感恩。我希望寒门学子不要如我一样走弯路,要知道改变家庭命运的重担就在我们肩上!"

一辈子的客

◎张君燕

六岁之前,我没有回过家。准确地说,我没有去过那个有父母在的、被称之为"家"的地方。

我出生在那个重男轻女的时代,而且很不幸,我是家里的第二个女孩。所以一生下来,我就被从出生的地方直接抱到了姑妈家,甚至没有来得及看亲生父母一眼,没有在本应该属于我的家待一秒。此后,我就在姑妈家住了下来,但并没有叫姑妈为"妈妈"——父母觉得我是他们的骨肉,他们没有打算抛弃我,想等到条件合适的时候接我回去。也许他们觉得这很情深义重,甚至是一种恩赐,但在我看来,这个决定却是导致我整个童年都不快乐的原因。

我不是姑妈家的孩子,我能喊出的最亲近的称呼就是"姑妈""姑父",而不是像表弟或者邻居家的孩子那样,理直气壮地喊"爸爸""妈妈"。父母时不时地会来看我,给我送来一些衣物和好吃的东西。表弟总是高兴得手舞足蹈,我却没有什么特别的感觉,说不上开心,也不至于难过,似乎已经习惯得麻木了,觉得这是一件和吃饭睡觉一样,很正常也很平淡的事情。

虽然我不肯承认,但我内心深处,始终期盼着父母来接我回去。当然，姑妈待我很好，有时候甚至对我比对表弟还要好，但正是这一份"特殊"，会时刻提醒我，我不是这个家庭里的一分子，我是一个客人。每次父母送来东西又离开的时候，我都忍不住想，干脆他们发话说不要我了，这样我也就能拔掉心上那棵飘飘忽忽的野草，安心待在这里。

直到弟弟顺利出生，终于到了"条件合适的时候"，父母来接我回家了。尽管这个场景一直是我心里隐隐的期盼，但真到了那一天，我又有些难以适应。我打量着这个本应该属于我的家，却陌生得好像到了另一个世界，父母脸上刻意讨好的笑容也显得那么虚假和浮夸。在家里生活了大半年，我依然觉得很不适应，好在也到了上学的年龄，很多孩子恐惧的入学对我来说反而是一种解脱。

上学后，日子过得快起来。很快我就读了中学，开始住校了。每周回家一次，父母总是给我们准备很多东西，此时我和父母早就熟悉了，却一直无法像姐姐和弟弟那样，和他们亲亲热热地说话甚至打闹——我更像是一个客人，对父母友好却又保持着一定的距离。

后来上大学、参加工作，直至结婚，我回家的次数越来越少。每次回去，父母便补偿似的越发对我好。但越是这样，越让我感觉不自在。说实话，对于父母，我是有过怨恨的，我恨他们在我最需要父母的时候不在我身边，我恨他们自私，为了自己的愿望而残忍地剥夺了我无忧无虑的童年。

那天，母亲打电话说父亲身体不舒服，想要到省城的一家医院检查，而那家医院就在我家旁边。我请了假，陪父母去医院检查，中午带他们回家吃饭。我在厨房里忙碌，母亲想要帮忙却发觉无从下手，她不知道各种食材放在哪里，不知道厨具怎样用；客厅里的父亲站在沙发前，局促地搓着双手，似乎站着不是坐着也不是。那一刻，我突然觉得很愧疚——我一直觉得自己是父母家的客人，可与此同时，父母又何尝不是我家的客人？

听过这样一句话：唯有父母对子女的爱，从不以占有和索取为目的，从不因放手和分离而消失，也从不因距离和岁月而变淡。也许父母当初的那个决定是错误的，让我们做了彼此一辈子的客。但无论怎样，他们都是生我养我的父母，对我的爱从来不曾削减半分，反而在不断的相聚和别离中变得更加厚重、深沉。

马拉松赛场上的轮椅父子

◎玩月轩

  1983年的美国波士顿马拉松比赛场上,一对特殊组合的参赛选手引起人们的好奇和关注,他们是一对父子。父亲推着轮椅上手舞足蹈的儿子快步奔跑在马拉松运动员行列中。

  轮椅上残疾的儿子叫里克,出生时由于脐带绕颈引起严重脑损伤。在他八个月大时,医生宣判他以后就是半个植物人,没有治疗的意义了。父亲迪克听了医生的话,很难受,却暗暗发誓决不放弃这个孩子。

  爸爸和妈妈通过观察发现,虽然里克残疾,但是,智商和他两个弟弟一样正常。到了该上学的年龄时,迪克很想让里克像正常孩子一样上学,接受正规教育,但是,里克不会说话,没有学校愿意接受他。但倔强的迪克屡次碰壁后,依然没有改变自己的想法。

  里克十一岁那年,迪克请来了塔夫茨大学的一群专家,想办法帮助里克解决与人交流的问题。一位专家给里克讲了一段笑话,里克竟然露出快乐的笑容。迪克和专家们非常开心,他们专门为里克制作了一台交互式电脑,这种电脑可以让人用头的侧面控制鼠标来与外界进行交流。因为父亲的执着,里克终于可以像正常人一样表达自己的思想感情了。

十三岁的时候，里克终于上学了。一天，里克告诉爸爸，他想参加一场慈善长跑，这是学校为一名因车祸致残的同学举办的。迪克一想到儿子快乐的表情，就马上应允，跑道上，他推着轮椅上的儿子跑完全程。看着儿子兴奋的神情，迪克觉得再苦再累也值得。

迪克决定和儿子一起参加著名的波士顿马拉松长跑比赛。波士顿马拉松组委会很快拒绝了迪克的请求，因为，从来就没有过这种组合推跑的参赛形式。可是，迪克毫不气馁，倔强的脾气又上来了，他就是要证明给大家看，谁说不能走路、不能说话的人，就不能像正常人一样享受运动的乐趣？

以后的日子里，只要有长跑比赛，都有迪克父子的身影，迪克不在乎能否报上名，他在意的是长跑给儿子带来快乐的过程。

1983年，迪克父子坚韧不拔的精神，终于感动了波士顿马拉松组委会，迪克父子组合获得了参赛资格并快乐地跑完全程。四年后，迪克开始带着儿子挑战新的项目——铁人三项赛。从1985年到现在，迪克父子参加了二百多次铁人三项赛。

与此同时，里克在学业上也是成绩显赫，他以优异的成绩考进波士顿大学特殊教育系，并被授予学士学位。2007年的波士顿马拉松跑中，迪克父子在两万名参赛选手中，排到5083位，当时，迪克已经是六十五岁的老人，儿子里克也四十四岁了。许多观众流着泪水观看比赛。2013年，波士顿马拉松组委会在长跑的起点处为迪克父子树立了一座铜像。

  如今，在爸爸的帮助下，里克也有了自己的工作，他在波士顿大学的电脑实验室负责研发项目。2013年，迪克父子组合因为在波士顿马拉松赛事的突出表现，获得了娱乐与体育电视网（ESPN）年度大奖。他们经常到各地进行巡回演讲，里克动情地说："我希望有一天我送给爸爸的礼物，不仅是我俩一起参赛，而且是由我推着他跑，哪怕只是一小步，以表达我不尽的感恩之情。"

  迪克与里克，用顽强的意志，向我们诠释了别样的父子情。

远方有多远

◎邢淑兰

妈妈给我找了好几个起名字的"大师",有的是村里有威望的长辈,给我取名"梁志",又请教村里走出的第一个大学生,给我取名"梁若涵",最后找到一个按照生辰八字取名的算命先生,最终给我定名为"梁远方"。

在弟弟还没有出生的时候,我是家中独女,万千宠爱集一身。从上小学起,我就对学习不感兴趣。可以说整个小学,记忆中我从没翻开过一本作业本,那时村里老师少,一个人承包所有的学科,像我这样不写作业的孩子,老师自然没有闲工夫教训我。

上了初中,需要骑自行车上学,六七里地的路程是我的神秘之旅,走出家人的视线,我像放飞的鹰,自在而悠闲。我不但不写作业,而且听不进老师讲课,上课就神思飞扬,不知道飘到哪里去。

初一的时候我的成绩已在村里"小有名气",当我妈从高坡上的林峰妈那里得知我数学考了二十五分时,寒假逼着我去城里补课。我被安置在一个学生公寓里,整整一个寒假,学习成绩不见长,花钱的本事倒是长了不少。

我的日子发生了天翻地覆的变化，原先宠爱我的爷爷奶奶看我的眼神居然也有了异样。

这让我很伤心，林峰告诉我："你爷爷跟我妈说，你整天放学跟一群小子鬼混，还喜欢涂红嘴唇，说你小小年纪就不学好了！"真是"墙倒众人推"呀。

到了初二，我想报体育特长班，我虽然长得瘦小纤弱，可是我喜欢长跑、喜欢跳远。迈开长腿，随风而动，多潇洒！爸爸死活不让倒也罢了，还对我恶语相向："我看你这辈子也就这样了！就是没出息的料儿！"我真是被他气疯了，一整天不吃不喝，就是哭，把妈妈心疼得直掉眼泪。

"梁远方，你一定要下定决心走出这个家，走出这个村！"我擦干眼泪对自己说。我以让爸爸刮目相看的毅力投入训练，虽然文化课成绩仍旧不好，但是我以体育专业第一名的成绩考入了县城的高中。

走出了大山，走出了家，走出了我的村庄。这时的我，如愿以偿。

我觉得自己已经走得足够远，我觉得我已经不必再往更远处走。

我的高中生活过得极有规律：上午半天睡觉，醒了吃零食；下午看电视剧，看够了吃零食；晚上兴奋活跃，变着法儿跟左邻右舍的同学闲聊。高三我走了单招，上了一个专科学校，毕业后找不到工作，到县城打工，在一家超市碰到了高中的语文老师。

我对老师说:"我就是这个命,不聪明,底子差,没背景,能在这个超市打工,已对老板感激涕零。"

老师说:"其实能不能走得更远没有你想象得那么复杂,不需要多聪明,也不需要多大的家世背景,秘诀只有一个,舍得让自己吃苦。"

这是我唯一一次认真听老师的话,这些话触动了我的神经。

曾经想苟安一时,享受每一天的朝阳;曾经想安居小城,享受进可攻退可守的安全。当我真的这么做了,才知道,生活的真相远不如此。

生活不是真空,没有绝对的安逸,也没有绝对的安全,更没有永恒的宠爱。如果没有征服远方的野心,即使是小小的此地,也不会轻易收留你。

心灵的方向

◎张　勇

　　人的心声，时刻指引着心灵的方向。人如果不能时刻倾听自己的心声，就无法明智选择人生的道路。

　　心灵本身就是一个难以分割的矛盾又可爱的东西，它被包藏在一个人的灵魂深处，方向在心灵中潜滋暗长。

　　当你执着于痛苦、哀愁、烦忧时，说明你的心灵偏离了方向。心灵偏离了方向，容易怨天尤人，甚至满脸戾气。

　　此刻，应该尝试放下，放下一切哀怨，让心灵迅速转向，生活自会为你撑起一片天。心灵与躯体不同，躯体宜动，心灵宜静。在现实生活的纷繁躁动中，要做到心静，是颇难为的，若能克服一个"争"字，是有望进入静心的境界的。心静，是一种气质、一种修养，更是一种美好的境界，恬和、安宁，如一泓秋水，映着明月。

　　平心静气，方能辨清方向，不至受累于生活。

　　心灵的最佳方向是平常。平常最易得也最难得。在平常的心境下才能品味知足常乐，才能常常体味到生活为我们带来的种种欢愉，才能懂得"青菜豆腐"与"朱门酒肉"一样养活人，才能使心灵净化成晶莹剔透毫无杂质的通灵宝玉。

真正的美好绝不掺进任何杂质，真正的美好会指引心灵的方向，在真正的美好指引下的心灵才有光明的方向。

不要将人生的愉悦，寄托于外界的事物，把握好心灵的方向，自会鱼翔浅底，自会披荆斩棘。

心灵不偏离方向，才会拥有实实在在心安理得的享受。

与过去的自己对话

◎关小云

把岁月当成一支神奇的画笔,在身后刻画出一道时光的河,让年轻的自己站在河对岸,轻轻地与现在对话。

还记得年少时的梦吗?那时你总幻想有一支马良的神笔,把你心中所有愿望变真,把世间所有不平事抹去,把世间所有坎坷填平;那时你还幻想遇到一位白马王子,带你骑马到天涯海角看日出日落;你还幻想四季可以少掉寒冷的冬和炎热的夏,只留下温暖的春和美好的秋。你在河对岸轻轻微笑,为那些少不更事却善良如初的梦想。

还记得那个总被男同学困在墙角扯乱辫子的你?当时的你像一头发怒却被捆绑的小狮子,你力不从心,只能在心里暗暗用劲:总有一天要报仇!几年后,当你重遇当年那群调皮小子,你只是对他们淡淡一笑,告诉他们聚会记得通知你。当年所记下的所有"仇恨",早已在青葱岁月中风干,只留下一串载满无忧青春的歌声。

从前的你总是说自己过得太过善良,太过为别人着想。你觉得自己当时可以过得再洒脱自私一点儿。但是你没发现你是所有同学中人缘最好的吗?大家给你的评价就是:善良,大方,亲切，友好。你看，这就是过去你的收获啊。你得到了大家的心！

从前的你总害怕过于平凡的你找不到幸福。你羡慕电视上的明星，拥有漂亮的容颜和完美的身材，低头看看自己，你仿佛没有一样可以值得骄傲的资本。为此你沉入了自卑消极当中。一次校园联谊，你遇到那个漂亮多才的女子，当你向她介绍你的名字时，她惊喜地张大了嘴。原来她早就通过你发表的文章认识你。她说："今天终于见到真人了，十分开心。"你十分感激她的鼓励，她送了你一句歌词："其实你很好，你却不知道！"回家后的你，为此开心了整整一个星期。

站在岁月的河流，与过去的自己隔河相望。你看到了那个年轻而不懂事的自己，你不可以责备或者取笑她，谁都是从那个时期慢慢走来。时间会让你慢慢成长，现在你唯一可以做的，就是真实过好每一天。让自己每天有所成长，有所寄托。

过去的都已过去。是时候和那个过去的自己潇洒告别，自此，你独自品一壶如银月光，唱一首秋夜歌谣，许一世惜福诺言；自此，愿心轻如燕的你，时时无愧于青春时光！

俯身的高度

◎ 白国宏

孩子突然吵闹不休,母亲烦躁不安,好说歹说孩子依然不能停止哭泣。孩子的母亲万般无奈,正想朝着孩子的屁股揍一下,以示警告。就在母亲低头的那一瞬间,母亲看到孩子的新衣服破了一个小洞,妈妈猜测着,原来孩子的哭闹是因为妈妈新给她买的衣服破了,于是妈妈试探着问孩子:"宝宝你哭是不是因为衣服破了?"孩子狠狠地点点头,终于获得了母亲的理解,孩子嘤嘤地说:"那是我最喜欢的衣服,妈妈给我的礼物。"妈妈紧紧地抱住了孩子。孩子真实的亲情,差一点儿换来母亲的教训。母亲明白了与孩子交往不仅是给予她爱给她关怀,给她好吃的好喝的,而且要学会俯下身来,站在和她一样的高度上,才会读懂她的世界。

那日飞机起飞,我朝着自己待了很久的城市望去,竟然有一座奇怪的山,随着云层的渐渐升高而五彩斑斓。感叹自己每天忙于琐事,少了亲近这样美好自然的机会,于是忍不住问邻座:"那是什么山,在哪里?"邻座先生定睛望了一下,那大概是郊区的垃圾山垃圾场吧!恍然醒悟,原来站得高了,再低头去望,垃圾场也会变成不一样的风景。或许我们身后有很多痛苦、无奈、孤独、失望，只有站得很高很高，你才会发现那不过是另一种风景。

那一年春天，没有去花店买鲜花，而是开始用花盆装回来一盆一盆的土，将自己的种子种下来。满心期待着，泥土会回赠我一片芬芳。说来也奇怪，每天没事儿的时候和花盆聊聊天，说说话，小苗竟然也一个一个地长大了，于是不知不觉之间自己的阳台有了一片春天，有了一片花香，有了一个全新的世界。也学会了给花施肥，自己制作农家肥。突然觉得，原来回头看着的泥土，才是世界上最美好的事物，它可以化腐朽为神奇，把别人不需要的垃圾污垢变成一种活力。原来羡慕美丽的花朵，只知道欣赏花朵开放的惊艳，却从来没有学会俯下身去看看真正为花朵负重前行的原来是泥土，也会隐隐地愧疚，生活中，我们忽略了多少为我们负重前行的人。

俯下身来，不是世界变小了，而是心胸变大了；俯下身来，不是真的变得低了，而是在尘埃里开出了花。

守护心灵

◎欧正中

有朋自远方来,说:"我们那帮同学中唯有你还保持着一脉清新的淳朴。"不知是褒扬,还是贬损,我不置可否地点点头。

现在,不少人把自己心灵的围墙凿出许多孔来,我真的还在固执地守护着自己心灵的一角吗?

心灵中有上天馈赠给每个人的香格里拉,漫步其间,我们可以寻觅到一泓纯净的山泉,碧草红花,还有那被仙女们洗得一尘不染的蓝天白云……当被尘世的喧嚣折腾得无处可去时,这里便是心灵的憩园,像古道驿站,让疲惫的心得到短暂休息,并洗尽满身铅华。曾想拆开心灵的篱笆,让她四处漫游,又害怕她像无根的浮萍,随水远去,随波逐浪。

曾想放飞心灵,让其任意流浪,又总担心她像断线的风筝,飘飞的白云,再没了她的定性和归属。

于是,我小心地守护着心灵。在遭遇狂风暴雨时,让她躲藏在较坚固的一隅。倘若避之不及,也不做过于激烈的抵御和反抗。因为,我总担心,那大幅度的动作,会弄塌已经斑驳的墙,让心灵失去束缚,野性起来。野性的东西,总是那么让人害怕,让人心寒。

然而，那残垣断壁，并不能挡住外面的喧嚣嘈杂。我的心灵时常会侧耳偷听嘈杂声中的精彩动人之音，她偶尔会在断墙之处探出头去，窥视拥挤的人流中时常发生的诱人的场景。

她并不甘于寂寞。她总想偷偷地溜出去，行走在宽阔的大街上、迷人的霓虹灯下，进出豪华的餐厅、精美的别墅。她甚至想天马行空，依着彩云，看透人间的雨后彩虹。

其实，她并不富有。时常滋生凡人的念头，无可厚非；幻想着一顿佳肴，无可指责。当这一切转瞬成为泡影，她也不想低下自己并不高贵的头颅。

眼下，心灵的护墙在饱受风雨侵蚀之后，再也无力抵御灯红酒绿的诱惑。

说不准哪一天，心灵会从形同虚设的护墙中逃脱。

她会野性起来吗？她会随风逐浪吗？

相信世上还有香格里拉，她出逃之后，并不迷恋尘世间的灯红酒绿，而是再次走进那里，重新获得蓝天白云般清新的感受。